3
ORC HERO STORY
半獸人英雄物語
忖度列傳
Kadokawa Fantastic Novels

「一直以來，那些傢伙都瞧不起我，說我是只算半個矮人的半吊子。」

Primera

普莉梅菈

矮人族鐵匠。為了讓兄姊們認同身為智人的母親以及自己的打鐵技術，目標是在「武神具祭」奪冠。

Characters

ORC HERO STORY

「我也有所謂的自尊耶。」

Donzoi

東佐伊

原本生死不明的霸修戰友，目前在多邦嘎地坑的競技場受到奴役的半獸人鬥士。

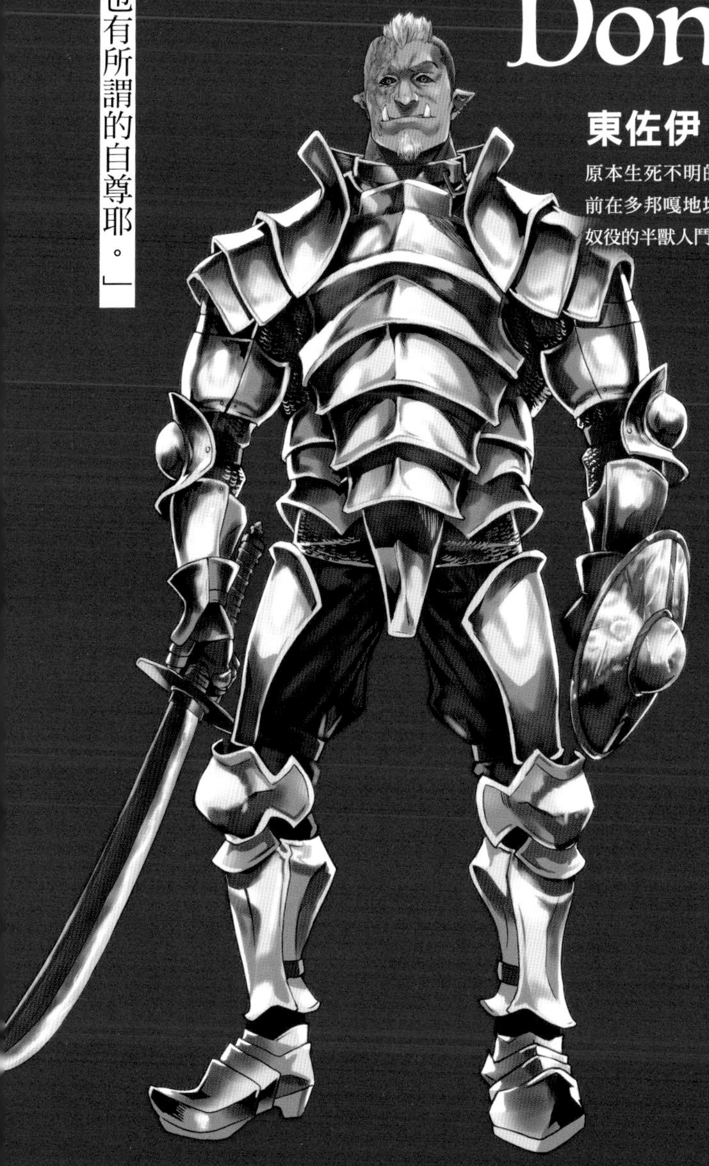

「我還以為半獸人對女矮人根本不會感興趣……」
「妳另當別論。」
「也對呢……畢竟，我始終只能算半個矮人……」
「我明白了……隨你高興吧……」

「哎，要說的話嘛！只要你拿下冠軍，我是可以考慮考慮！」
「考慮？考慮什麼？」

「笨蛋！
難道你想要我
自己親口說出來嗎！」

ORC HERO STORY 3

CONTENTS

第三章　矮人國　多邦嘎地坑篇

ORC HERO STORY

半獸人英雄物語

忖度列傳

3

理不尽な孫の手

illustration

朝凪

Kadokawa Fantastic Novels

忖度（ㄘㄨㄣˇㄉㄨㄛˋ）：揣測他人心情。亦指揣測並顧慮對方狀況之意。

（出自維基百科）

ORO

第三章

矮人國

Dwarf country

TORY

多邦嘎地坑篇

Episode Dobanga

HERO

1. 並非求婚

多邦嘎地坑。

在北行穿越席瓦納西森林後的林德山上，有座雄偉的豎坑被取作這個名稱。

這是當年半獸人凶戰士庫庫荀拉與矮人王子彭戈彭戈大戰之際，由於衝擊過猛引起火山爆發所造成的巨型豎坑。

爆發導致彭戈彭戈戰死，半獸人贏了此役。

之後，豎坑被半獸人納為領地，變成了半獸人的前線基地「林德要塞」。

七種族聯合以那座要塞作為立足點，一路向四種族同盟發動侵略，在眾多戰況中取得了優勢。

然而，那樣的要塞到最後還是淪陷了。

達成這項壯舉的是一名矮人族戰士。

他率領矮人族戰士團從正面攻略要塞，迫使半獸人將軍（General）與其單挑，並且擊敗他，從而占領了要塞。

攻下要塞的矮人。

其名為多拉多拉多邦嘎。對，正是後來被稱作「矮人族的戰鬼」的多拉多拉多邦嘎。

之後，豎坑就成了多拉多拉多邦嘎的領地，還被取名為「多邦嘎地坑」。

霸修與捷兒正在通往多邦嘎地坑的街道上。

「可以看見目的地了耶，老大。」

林德山開展於眼前，四處皆有白煙裊裊升起。

彷彿整座山都滾沸著。

當然，那並不是自然景象。矮人族的城鎮就座落在那座山上。

矮人族幾乎全體居民都是鐵匠，每一戶人家都擁有自己的工坊。從山上噴湧的煙便是工坊冒出來的煙。

「好懷念啊，以前常迷路呢。」

矮人族的城鎮像螞蟻巢一樣，構造錯綜複雜。

因為定居於山的矮人族會到處採掘礦石，把山挖得坑坑洞洞。

居民各自任意鑿山，結果讓城鎮變成迷宮，化為要塞。換成智人及其他種族就會對結構穩固與否有顧慮，並且提心吊膽地憂懼會不會崩塌，然而矮人族在建築方面同樣是鬼斧神工，實際上那遠比智人蓋在地表的民房牢靠。

霸修也在多邦嘎地坑這裡參加過幾場戰役。

不過，他回想到的盡是迷路的記憶。

「咦？老大有迷路過嗎！」

在捷兒的記憶裡則不是那麼一回事。

霸修總能毫不迷路地回到營地。

「對啊，我在這地方老是會迷路。」

一旦踏入就有三天走不出來，與外界也無法取得聯繫，零星發生的戰鬥讓部隊成員離散各處，在戰場上連走失的戰友是生是死都不得而知，只能奮戰到底。

那是段艱苦的記憶。

「哦～～因為老大每次都是安然無事地回來，我還以為裡面的構造已經被老大摸得一清二楚了！」

「怎可能有那種事。」

當然，霸修並沒有把地坑的構造記得一清二楚。

不斷迷路，肚子又餓，霸修看狀況再這麼拖下去不是辦法，就破牆穿壁從地坑中逃脫出來了。

既然多邦嘎地坑位在山地，無論身處何方，只要一路朝斜上方挖掘前進，自然就能來到坑外。

順帶一提，隨之引發的嚴重崩坍也層出不窮。

因此，矮人都管霸修叫「破壞者」。

「最近矮人已經將城鎮整修過，還開了簡單好認的便道喔！」

「有這回事？」

「陪老大來之前我見識過一次。以往明明活像螞蟻巢，現在明確分成了居住區和鬧區，讓我大吃一驚呢！好比鬧區就很壯觀，一整排酒館算起來有十家之多！還有，店家裡面是互通的，矮人們從這一頭走進去，就可以一路喝到另一頭出來！簡直可說轉場全不費工夫！」

「那倒是令人期待。希望能找到好酒。」

儘管愛酒程度不比矮人，半獸人同樣貪杯。

半獸人毫無創造性，甚至有說法指稱他們生活所需全是從其他種族搶來的，不過半獸人也會自己釀酒，雖然滋味跟矮人釀的一比就像泥巴水，半獸人卻能豪飲猛灌。

霸修當然是半獸人中的半獸人。不用說，他也嗜飲杯中物。

他什麼不怕，就怕小伙子會來問自己跟女性的經驗，卻還是每晚都要上酒館。

既然能喝到矮人釀的酒，霸修也就心懷期待。

1.並非求婚

「希望老大能順便找到老婆。」

「……也對。」

然而，要談到期待的程度，霸修的小頭卻不如大頭有興致。

「老大，總覺得你不太有精神耶，怎麼了嗎？」

「唔，你看得出來？」

「這還用說！老大以為我追隨至今在旁看了多久啊！關於觀察老大的臉色這一點，我自詡全世界沒人比得過我！不過，很不巧的是我不懂讀心術！所以就算看得出老大的臉色，也猜不透老大心裡在想什麼！說嘛說嘛，有哪裡出了問題嗎？希望老大可以向我吐露看看，即使沒有什麼了不起的事，有時候找人說一說就會覺得舒坦啊！」

「嗯，其實我……」

當霸修打算跟捷兒談心時。

「妳聽話！」

「放手，放開我啦！」

忽然間，前方傳來發生口角的聲音。

他們倆納悶有何狀況而轉眼望去，便發現路前方有一座橋，而在橋的中間那一帶則有精靈正與矮人對峙。

「唔哇，感覺氣氛好險惡耶……」

「那也沒辦法。」

精靈與矮人關係欠佳。

矮人會採伐森林當燃料，反觀精靈愛護森林也為森林所愛，兩者是無法互容的。

「咦？可是，感覺他們不像在爭執耶。」

然而上前一看以後，便發現狀況有點不對勁。

與其說是精靈與矮人起爭執，不如當成矮人之間鬧糾紛，使精靈不知所措地在旁觀望。

「我說過，當妳像這樣指望靠別人解決問題時就已經行不通了！」

「靠別人又如何！難道妳要叫我拿著自己鍛的劍上場作戰嗎！明明妳自己早就僱了知名的戰士！」

「我並沒有那麼說吧！」

霸修他們進一步靠近端詳，就弄明白狀況了。

看來是兩名女矮人在鬥嘴。其中一方抓住對方的手臂，想把她往矮人國的方向拉過去。

另一方則是反抗，還像狗一樣踏穩了腳步賴在原地。

1.並非求婚

「我是要妳多磨練自己的打鐵技術！」
「我練得夠久了！我有自信打造出比你們更好的武具！」
「那種台詞等妳多打一千柄劍再來說！」
「沒必要！我會在武神具祭證明給你們看！」
「唉，夠了！妳這孩子真是說不聽！我的意思就是憑妳目前的本事辦不到啦！」
「才沒有那種事！只要姊姊不來攪局，我就會拿下冠軍給所有人看！」
抓人手臂的那一方肌肉發達，個子卻不高，鼻子是顆蒜頭鼻，還帶著猙獰的臉色威嚇另一方。
她的臉型較寬，額頭也廣，不僅嘴巴長得大，手掌更大。看起來就是會盤起腿坐在椅子上，粗魯地哈哈大笑的典型女矮人。
「……」
霸修見狀就感到一陣洩氣。
（果然……女矮人都是這副模樣……）
對於矮人國，霸修只敢期待酒的理由。
那就是女矮人的這副外表。
因為女矮人並不合他的喜好。

當然了，娶老婆未必要端莊賢淑。

但是瞧瞧她那裝扮，簡直像一塊會笑的岩石，不是嗎？

放諸世間，哪有半獸人會對岩石產生情慾呢？

從霸修的立場來想，只要能夠脫處，對象自然是任誰都好。

女矮人在外表上固然不太討喜，但是並沒有蜥蜴人或殺人蜂那麼糟。

然而，霸修好歹是個男人。

有得挑的話，他還是想找個外表合喜好的對象脫處。

「啥？有什麼事嗎，你這……半獸人？」

於是，女矮人似乎察覺霸修拋來的視線，就注意到他了。

她抬起臉，並且明目張膽地朝霸修皺起臉。

「我是旅行者。」

霸修淡然這麼說道。

雖然矮人的年齡不容易分辨，這名女矮人並沒有多年長。

她的表情猙獰歸猙獰，整體散發的威迫感倒沒有多強，身段也不甚俐落，想必並非身經百戰的戰士。未能在戰爭剛結束的這個世道成為身經百戰的戰士，就表示屬於毛頭小輩。

不過光從臂膀來看，可以曉得她也多少鍛鍊過。

1.並非求婚

算是前途可期的年輕人吧。

「你屬於流浪半獸人？」

「不屬於。我名叫霸修，為尋找某樣東西正在旅行。我想進入矮人國。」

「某樣東西，是嗎？」

女矮人仔細看了看霸修的臉。

接著，她哼聲一笑，還用下巴示意路就在前頭。

「……那麼，你要過就過吧。」

「妳說什麼！」

這時候，驚呼出聲的是精靈族衛兵。

美麗的女精靈。

苗條體型符合精靈的形象卻又看得出腰身，臀部也帶有女性的肉感圓潤。

金髮編成了辮子，有股形容不出的花香。憾就憾在她似乎已婚，所以頭上戴了白花當髮飾。

這樣的她盯著霸修，並且後退了三步左右。

看來這名精靈曾赴戰場與半獸人對壘，她看了霸修便臉孔緊繃。

臉孔標緻，畏懼的神色更是引人遐思。如果能抱到懷裡，肯定又香又好摸。

「他可是半獸人耶！這樣好嗎！輕易就放他通過！」

「無所謂啦……反正我也管不著，矮人本來就跟精靈不一樣，對於外族入境並沒有設限管制。只要沒有惡名昭彰到廣受通緝，誰想入境都歡迎。還是說，你這半獸人屬於通緝在案之輩？來矮人國也打算幹壞事嗎？」

霸修被女矮人這麼質疑，就搖了搖頭。

「不是。」

「那就好。你想在我們國家找東西，大可找到滿意為止。」

「怎麼會……難道……妳不曉得半獸人是什麼樣的種族……？」

精靈帶著戰慄的表情這麼說，女矮人就再次哼聲笑了出來。

「我曉得啊。告訴妳，半獸人對女矮人根本連半點興趣都沒有。此刻這位老兄也都沒在注意我，眼裡只顧著看妳。」

「！」

精靈族衛兵抱緊自己的身軀，退後了一步。

霸修緩緩地將目光從她身上移開。

的確，這名精靈也是美麗的女性，霸修的視線會飄過去亦無可厚非。

相對地，女矮人到底像塊岩石。

1.並非求婚

看了並無法勾起遐思。即使抱到懷裡，也只會直接變成互比力氣的場面吧。

假如在戰場上以戰士的身分相見，或許將有一場尋常的勝負，但在勝負之後並不會起念把她帶回去當老婆。

「半獸人老兄寧可從滿是精靈的溫柔鄉跑來這裡，還說想進入矮人國，八成是有相當寶貴的東西要找。比起在精靈國獵豔，你要找的東西還更加寶貴，對吧？」

「……大概。」

這件事用不著再三強調，不過霸修的目的就是獵豔。

討個老婆以便讓自己脫處，為此他出外旅行。

坦白講，那還不如從精靈中找對象。

只是，在這附近唯一有精靈生息的席瓦納西森林邑，霸修已經聽說自己不可能於此達成自身目的，才來到了矮人國。

據說在矮人國的多邦嘎地坑，有類似於精靈國的現象發生。

精靈國出現了徵婚潮。倘若矮人國亦然，霸修認為這是個機會。

他依靠那唯一的情報來到這裡，實際目睹矮人以後，卻斷難苟同合胃口。

話雖如此，霸修也是從漫長戰爭存活下來的男人。

在堪稱永無止盡的戰鬥中，他也跟矮人交手過。

根據以往的經驗，霸修知道以半獸人的審美標準，也能在矮人族裡找到美女。

或許那跟智人及精靈比會差上好幾截，數量絕對也少，不過當中肯定還是有符合霸修胃口的女性。

他不認為那樣的女性可以手到擒來，但機會是有的。

所以即使不抱期待，霸修仍打算走一趟，尋求那絲毫的機會。

「要過就快點過，我們這邊還有事情在處理。」

「就聽妳的。」

霸修一面這麼回話一面打算從她身邊經過。

這時候，他忽然注意到從剛才就一直被對方抓著手臂的女性長相。

（唔！）

面容姣好。

髮色固然是矮人獨有的奇特紅色，眉毛也略粗，但那張臉跟旁邊的女矮人似像非像。

輪廓優美的鼻梁，澄澈的藍眼。雖然稱不上纖細，卻還是帶有圓潤感，給人印象跟智人族一樣修長的四肢……

以矮人族而言個頭略高，胸部也大。

簡直可稱為美少女，對霸修來講是個正中好球帶的女孩。

1.並非求婚

（沒想到矮人中居然會有這等美女！）

霸修停下腳步。

他不清楚矮人國興起了什麼樣的風潮，老實說，原本是不抱期待的。

但是，既然有這等美女在，事情就另當別論。

為了盡快展開追求，霸修讓腦袋運作。

（還記得之前向精靈求愛的時候……）

霸修依循記憶，思索自己求愛要採取的行動。

在智人國，他學到要保持身體清潔，要有神祕感，還展現了男子氣概。

在精靈國，他藉著金閃閃項鍊顯示財力，穿上了精靈的服飾求婚。

儘管兩次都以失敗告終，但方法理應沒錯。

在矮人國會是如何呢？不曉得矮人有什麼樣的規矩……

（糟糕，早知道就事先問捷兒的意見了……）

霸修萬萬沒想到在國境入口會有這等美女，對於收集情報就懈怠了。

（仔細想想，對收集情報懈怠時從來沒有好下場，戰友東佐伊也是因此戰死的。在這座多邦嘎地坑，我們收集的情報到底是不夠，那傢伙於戰場失散後就再也沒回來了……不僅如此，記得在薩里哥平野也是，那一戰同樣——）

當霸修一臉發愁地苦思時。

「欸！那位老兄！你是戰士吧！而且，我還看得出你是頗有名氣的戰士！」

少女喊道。

她看著霸修，神情急切。

「沒錯，那又怎樣？」

被問到的霸修照實回答，少女的表情頓時像是心花怒放。

於是她開了口。

她道出決定命運的字句；道出霸修原本料都沒料到，卻又一直巴望能聽見的話語，用她惹人憐愛的嗓音……

沒錯，那正是——

「麻煩你成為我的鬥士！」

求婚之詞。

2. 少女的屈辱

多邦嘎地坑的模樣已經跟霸修最後一次看見時不同了。

首先闖進眼簾的是入口。

開口寬敞，而且規模雄偉的隧道。

隧道約與三層樓的城寨同高，寬度供三輛馬車交會綽綽有餘。

這般的隧道大開門戶，一路直通地坑深處。

宛如要告訴來者，此處就是矮人族的市街大道。

「……雖然我從捷兒那裡聽說過了，矮人變得可真是開放。」

矮人是封閉的種族。

至少其他種族都會這麼認為。

矮人喜歡昏暗的洞窟與金幣，成天窩在自家的工坊裡製作物品，偶爾出門也只會喝酒、再喝酒，然後打架。儘管他們並不像精靈那樣排外，卻有著火爆的臭脾氣，性情又頑固，為人何止有欠體貼，連需要說明時都不肯開口，凡事但求自己過得好就夠了。當然，他們更不

2.少女的屈辱

可能在城鎮建造寬敞的入口，甚或歡迎來自外界的訪客。

霸修認為矮人是這樣的種族。

「開放？你在說什麼啊？」

回話的是剛才被抓著手臂的少女。

她似乎是為了逃離那個想留住她的女矮人，就帶著霸修到了這裡。

「我說這座隧道。」

「從這座隧道是能看出什麼？」

「妳何必這麼問呢……」

彷彿要替詞窮的霸修接話，妖精在一旁嚷嚷起來。

「不不不，說實在的，這座隧道給人的感覺就是『歡迎光臨！』嘛。畢竟以往矮人建造的城鎮都會讓我搞不清楚入口在哪裡啊！既然現在大開門戶到這種程度，就算是我們以外的訪客也會忍不住進去探一探的啦！」

「喔，你們說那個啊……那又不是矮人建造出來的。惡魔族在戰爭結束前夕瞎搞，才在戰鬥間弄出了那樣的產物。」

「啊，我有聽說過！『多邦嘎地坑的魔神砲』！」

那是霸修與半獸人同胞們戍守席瓦納西森林的時期。

在多邦嘎地坑這裡同樣展開了激戰。

惡魔族將軍有意收復多邦嘎地坑，便帶領由食人魔與哈比混編而成的軍團發動猛攻。

兵力困乏，補給斷絕，在無望勝利的局勢中發動攻勢……

任誰看了都會認為是魯莽的突擊。

然而，惡魔族將軍備有祕策。

名為「魔神砲」的兵器。

本來應該會在雷米厄姆高地的決戰上場，於惡魔王格帝古茲身亡後，就因故留存到多邦嘎地坑使用了。

魔神砲是特異的決戰兵器。

它以人類靈魂為砲彈，設置於砲座背後的壇上獻祭越多，越能提升其威力。魔神砲注滿能量後，擁有的威力儼然配得上決戰兵器之名，足可在標高絕不算低的山頭轟出一條隧道。

從結論來講，當年那一砲要是不偏不倚地命中矮人軍，或許此刻的多邦嘎地坑就不是歸矮人族所有了。

或者那會讓戰爭持續得更久一點，霸修也就隨之脫處了。呃，可能不至於。

總之，矮人軍接獲魔神砲已經被動用的消息，就乾脆地放棄要塞並且退守。

順利避開魔神砲的猛轟以後，矮人軍便轉守為攻，擊殺了惡魔族的將軍。

2.少女的屈辱

也有說法指出，如此明智的選擇不符矮人作風。
矮人一旦開戰就不會逃，還非要以厚盔重劍跟敵軍硬碰硬。
對他們來說，迴避就是懦弱的證明。
然而，矮人同時也是技師。
從敵軍流出的消息，要得知魔神砲是以何種技術及概念打造，進而模擬會有何等威力，然後領悟憑矮人擁有的任何裝甲都不堪一轟並非多難的事情。
他們並沒有愚昧到自知不敵卻仍要挑戰的地步。
矮人藉此戰勝敵軍，並且帶著難以言喻的表情仰望被轟出大洞的多邦嘎地坑。
即使把山挖得坑坑洞洞，矮人也絕不會令其崩坍。
本著這樣的自尊心，被魔神砲轟穿的洞都獲得補強，修築到平整，建出了城鎮。
在矮人們看來，只有一條大街的城鎮構造會讓他們不好受，外族卻大多給予好評。
「好啦，走這邊。你們跟上來。」
如此建造而成的大街充滿了活力。
以矮人打鐵的聲音為背景，有各式各樣的種族在城裡走動。
尤以矮人及獸人居多。
智人較少，精靈則不太能看見蹤影。

值得一提的還不只這些，諸如蜥蜴人或殺人蜂，本屬七種族聯合的成員都可以在城裡看見蹤影。

「唔。」

這時候，霸修的眼睛盯上了一名格外高大的男子。

暗紅色皮膚，高逾三公尺的大塊頭，與身高相襯的肌肉猶若岩石，下巴長得像大榔頭。

「連食人魔都在城裡啊。」

霸修對他有印象。

沒錯，那是在雷米厄姆高地決戰中跟霸修一同奮鬥的戰士。

記得他名叫寇爾寇爾。

以「鐵巨人」外號著稱的男子。

「對呀，畢竟武神具祭快要到了。更何況，今年規模比以往盛大，打鐵師傅們都認真地在召集各路強手。」

「原來如此。」

霸修不清楚那所謂的武神具祭是什麼樣的祭典。

不過，他有參與祭典的經驗。

惡魔王格帝古茲尚在人世時，每年都會舉行祭典。

2.少女的屈辱

半獸人的祭典是由各部族長匯聚一地，並且擺宴慶祝。接著，現場會選拔各部族的戰士，較量出最頑強的是誰，以互毆的方式。

祭典舉行之際，連外族都會大舉派人過來。

不過他們倒沒有參加互毆……哎，武神具祭應該也是類似的活動吧。

「往這邊到我家。」

少女在一條巷子拐了彎進去。

巷道前方昏暗，看得出結構錯綜複雜，蜿蜒曲折的路徑、坡道、階梯及岔路。霸修熟知的矮人城鎮就是這副景象。

喧囂隨著他們的步伐逐漸遠去。

處處傳來的打鐵聲響取而代之。

霸修當然不會把那些聲音放在心上。他望著在前面帶路的少女的頭頂，並且感到雀躍。

矮人當中也有面容姣好者。

這個少女在霸修眼裡就十分美麗。

聽布里茲建議「你就去矮人族的城鎮吧」，當時霸修並沒有抱多大期待。

可是，收穫超乎期待。

『麻煩你成為我的鬥士！』

況且，霸修想都沒想到自己會突然被求婚。

不愧是智人族，消息果真靈通。

「絕命者」並非浪得虛名。霸修對原本不抱期待的自己感到慚愧。

（捷兒，能來這裡實在太好了。）

（就是啊！居然會這麼快找到人選，還是由對方主動湊過來。我本來就覺得老大要找老婆肯定很快，不過輕鬆成這樣反而掃興呢。）

（在戰鬥中取勝時，往往就是這種感覺。）

（話說回來，這樣我們的旅程也結束了耶……老大，我本來還想跟你多旅行一陣子。）

（呵，我也是。）

霸修跟捷兒低聲談著這些，一邊跟隨少女而去。

「就是這裡。」

少女走進位於巷內的一道門。

矮人尺寸的小小門口。霸修屈身進入。

「或許空間會讓你們覺得窄，哎，請兩位自便吧。」

這地方小歸小，卻是不折不扣的打鐵處。

鐵鎚、置鎚樁、鐵砧……

2.少女的屈辱

儘管爐火熄滅了，每項道具都看得出久經使用。

仔細一瞧，從她的手同樣能窺見蛛絲馬跡。指頭長著厚繭，指甲也沾得黑黑的。

想來她應該就是這間工坊的主人……亦即鐵匠吧。

對智人族來說，或許那些細部的髒汙會帶來負面評價。

當然，對霸修而言就無關緊要。

「呼……我原本打算出遠門才會帶行李，結果白準備了。」

少女擱下揹著的行李，脫掉斗篷。

從斗篷底下亮相的是矮人族獨特的露肩皮衣。

對火有抗性的矮人們靠打鐵維生，都不穿有袖子的衣服。

換句話說，少女白皙的肩膀闖進了霸修眼裡。

符合其鐵匠身分，她的肌膚到處都被煤灰沾得髒兮兮，還有燙傷痕跡，然而在霸修眼裡就顯得既白皙又嬌豔動人。

「！」

回想起來，霸修上回看見女人的肌膚是在智人國目睹茱迪絲衣不蔽體的模樣。

而且有別於茱迪絲那次，這名少女是主動脫衣服的。

表示她有那個意思吧。

「哇！」

霸修用雙手抓住少女的肩膀。

既然女方有意，霸修也就不打算客氣了。

儘管摸得出肌肉，膚質依舊細緻滑嫩，這使得霸修的情慾漲到最高點。

從此即可揮別成為魔法戰士的恐懼。

感慨與感動的情緒交錯，讓霸修雄風大振。

「咦！你、你突然這樣是要做什麼！」

相對地，少女滿臉疑惑。

霸修停不住，還把手伸向她的衣服。

「咦……等、等一下，咦！你幹嘛碰我的衣服！住手！」

少女抓住霸修的手。

動真格的勁道。

對霸修來說，她那股力氣是微弱的，卻足以感受到拒絕之意。

「唔，不行嗎？」

「你還問什麼行不行……當然是不行啊！」

看來對方不允許。

2.少女的屈辱

然而，霸修也已經來到無法收力的地步。

他不想退讓。即使身處劣勢，戰鬥這回事有時就是得拚一拚才行。現在正是時候。畢竟女方向霸修求婚，而霸修也答應了。

接著要做的就是交媾。

是時候為長年以來的煩惱畫下句點了。

「可是，妳要我成為妳的鬥士，我也表示答應了，對吧？」

「咦……」

霸修的回應讓少女表情茫然地愣了一陣。

然而她看著眼前呼吸急促，還壓到自己身上的半獸人，便慢慢理解狀況了。

「啊，原、原來是這麼回事……你從一開始就有那個意思……」

「是啊。」

霸修有那個意思。

被女方一問，他就立刻答話。

當然，他正是為此才一路旅行到這裡的。

「哈哈，我真笨……」

從少女眼裡撲簌簌地滴下了淚水。

「我還以為半獸人對女矮人根本不會感興趣……」

「妳另當別論。」

「也對呢……畢竟，我始終只能算半個矮人……」

少女在霸修面前把臉轉開，緊緊閉上了眼睛。

「我明白了……隨你高興吧……但是，你必須跟我約定，在這之後會以鬥士的身分為我而戰……」

淚水仍從閉上的眼睛滴落，沾溼了地板。

「……」

女方表示隨你高興，可說是徵得了同意。

然而，她排斥地把臉轉開，眼裡還流著淚水。

半獸人鮮少流淚，即使如此，他們仍了解人在什麼樣的時候會哭泣。

就這樣跟她辦事真的沒問題嗎？

無法判斷的霸修仰頭看了捷兒。

「……」

捷兒猶豫了幾秒鐘，不久就大動作地在頭上交叉雙臂。

打叉叉的手勢。

2.少女的屈辱

（果然是這樣啊。）

霸修感到洩氣，並且放開手。

「抱歉，是我誤解了。」

「咦？」

少女突然獲得解放，因而帶著疑惑的眼神仰望霸修。

「你、你這是什麼意思？」

「與他族間的非合意性行為已經以半獸人王之名嚴令禁止了。我以為自己有得到妳的同意就樂昏頭了，原諒我。」

「呃……哎，既然你願意道歉，這件事就算了……不過，原來半獸人在女人面前還是能把持住啊……不對，因為我算是半個矮人嗎……？」

話雖如此，霸修仍有他旅行的目的。

眼前的少女貌美可人。

而霸修身為戰士，有時候即使明知不利，還是得拚一拚。

「我再重新問一次吧。妳肯為我生小孩嗎？」

這是半獸人普遍使用的求婚詞。

然而，少女當然是聽得滿臉通紅，還怒斥般回嘴：

2.少女的屈辱

「誰要替你生小孩啊！」

「是嗎？」

雖然被拒絕了，但霸修並不介意。

他早就料想過了。

在智人國，還有在精靈國，霸修都用心做過準備，求婚卻是以失敗收場。

那麼，毫無準備的這次求婚會失敗也是合情合理。

不用說，先前以為被求婚應該也是鬧了誤會。

「那我告辭了。」

然而，這裡是矮人國。

在矮人國，具有與智人或精靈大不相同的特點。

這個國家採行的是一夫多妻制。有別於精靈的習俗，即使霸修跟再多女矮人求愛，也不會因而喪失追求其他女性的機會。

既然如此，再找其他女的就好了。

由於對象是矮人，霸修便提不起勁……

不過，布里茲給的建議也要考慮進去。在這裡將會有所斬獲才對。

「你、你等等！」

霸修停下腳步。

內心並無期待。霸修的腦袋並不算多靈光，但他仍是一名優秀的戰士。優秀的戰士不會重蹈覆轍。

「我也想重新拜託你，希望你成為我的鬥士。」

被女方這麼一說，霸修露出了不解的臉色。

他已經明白話裡提到的鬥士云云與願嫁為妻是兩回事了。

那麼，女方口中的鬥士究竟有何含意……

「說起來……妳說的鬥士，到底是什麼意思啊？」

捷兒問了這麼一句。

替霸修詢問想知道的事。擅於察言觀色的捷兒才有這種高效率。

「啊，原來需要從這裡談起嗎……」

少女會意似的點了頭，然後站起身。被霸修盯著使她的視線四處亂飄，飄到最後才讓她找到一件斗篷，並且披了上去。

「那我從頭向你們說明。」

於是，說明開始了。

2.少女的屈辱

◆

矮人國將於多邦嘎地坑召開每年一度的「武神具祭」。

這種賽事是以武人榮譽還有對武具的感謝為祭，基本上與一般武鬥大賽無異。賽制為淘汰賽。

參加者要反覆進行一對一戰鬥，留到最後的人便是贏家。

值得一提的部分應該是這種賽事的寓意在於「以對武具的感謝為祭」吧。

戰士們要披戴武具上場搏鬥。

而且各項武具必須出自同一名鐵匠之手。

一旦戰士死亡或喪失戰意，當然就會被視為敗北，但是身上配戴的武器或防具遭到破壞也會被視為敗北。

起初這種賽事是由矮人製作武具，再親自披掛上陣的祭典。然而，隨著戰爭演進，將專職鍛造者與專職戰鬥者分工別類的風氣在矮人之間也就逐漸定型了。

因此，兩人一組參賽的形式不知不覺成了慣例。

當然了，假如有矮人兼任鐵匠與戰士，也是可以一個人參賽。

威名遠播的戰鬼多拉多拉多邦嘎即為其中之一。

他總是單獨參賽，還在賽事中連續奪冠十次，達成了躋身名人堂的偉業。

一名戰士搭配一名鐵匠。

鐵匠負責打造不會壞的武具，戰士則要藉此獲勝。

奉鐵匠榮耀與戰士榮耀兩者為尊的大賽。

能在這場祭典拿下冠軍，對鐵匠來說將是無上的名譽。

當然只要成為冠軍，應該就再也沒有人敢嘲諷那名鐵匠是半吊子。

「所以，我也想參加那場比賽……可是，那些傢伙卻……」

「哪些傢伙？」

「我的大哥大姊們啦，他們居然跟全國上下的武人講好了。現在都沒有人願意成為與我搭檔的戰士。」

「……妳的哥哥姊姊為什麼要那樣做？」

「因為他們怕啊，怕會輸給我。」

少女說著就攤開了雙手。

從體型來看顯得豐碩的豪乳搖晃生波，讓霸修的心也隨之搖擺。

要放棄這對胸部未免可惜。

2.少女的屈辱

「一直以來，那些傢伙都瞧不起我，說我是只算半個矮人的半吊子。」

「只算半個矮人的半吊子？妳嗎？」

「對啊，哎，如你們所見，生我的媽媽是智人，我就是所謂的智人混血種。」

霸修聽到「如你們所見」這句話，便重新將少女細看了一遍。

的確，以矮人族女性而言，她實在太美。體型方面也是，苗條得簡直不像個矮人。話雖如此，髮色等處依然有出現矮人的特徵。原來如此，既然是智人與矮人生的後代，霸修會受到吸引也算合情合理。

「他們老是在我耳邊喋喋不休，說矮人跟智人生的小孩怎麼可能把鐵打好呢。」

「有這種事嗎？」

這是單純的疑問。

大多數的半獸人根本都是在不知母親存在的環境下長大的。

假如母親擁有強大魔力，就會產下俗稱有色種的半獸人。

有色種的半獸人在能力上通常比普通的綠皮種半獸人強，因此有母親很重要的說法。不過反過來講，霸修倒是沒聽過因為母親不好就會生出不成材的戰士這種事情。

「才沒那種事！說穿了，他們就是看不起我跟我媽媽啦！」

少女用拳頭在桌上捶出聲響。

鬆動的桌腳受到震顫，使得桌面上的東西跟著顫動起來。

不過，霸修也因而聽懂狀況大致是怎麼一回事了。

簡單來講，眼前的少女應該是想對瞧不起她的那些人還以顏色。

在半獸人社會，要是遭到侮辱，也非得回嘴或還手才行。

連這點事都辦不到的半獸人便不算半獸人，只是個懦夫。

「既然這樣，妳得讓他們知道厲害。」

「對啊，就是說嘛！所以我才想參加武神具祭！被他們瞧不起的我要是能拿冠軍……哪怕沒拿冠軍，至少也要打倒一個穿戴那些傢伙打造的武具出賽的鬥士，給他們好看！實際上，那些傢伙都覺得輸給我會是奇恥大辱……但就算那樣，為了不讓我參加比賽而從中作梗也太過分了吧！」

少女的眼眶盈著淚水，她八成覺得相當屈辱。

「那妳大可親自上場戰鬥。」

「哈，靠我這條臂膀嗎？」

少女舉起手臂，擠出肌肉給霸修看。

以智人而言略粗，在矮人看來卻有如枯枝的手臂。

「誰教在臉孔與體型方面，我遺傳到媽媽的血統比較多，當不了戰士。」

2.少女的屈辱

「這樣啊。」

「不過，我自認在打鐵方面下過苦功，也具備天分，所以之前我打算去國外尋求可以跟我搭檔的戰士。雖然那些傢伙在這座城鎮有權有勢，卻也管不到國外。可是，他們似乎連我要出國都不准，還一路追到國境來抓我，叫我別去國外……然後，你就在那時候出現了。」

「原來如此。」

少女向霸修投以熱烈的視線。

「希望你助我一臂之力。我想拿到冠軍，證明自己不是半吊子……讓那些傢伙知道我媽媽的血統才沒有什麼不好。」

霸修理解事態了。

她期望報復。

她想證明自己打鐵的能力並非半吊子。為此，她正在尋找沒被對手買通的戰士。

霸修應該正好能勝任。

然而，她無意接受霸修的求婚。

只求性交的話或許能如願，但那恐怕會構成非合意性交，所以行不通。

既然這樣，結論立刻就出爐了。

「抱歉，我幫不了妳。因為我有要找的東西。」

霸修來這種地方並不是為了遊山玩水。

倘若這是趟漫無目標的旅行，霸修倒不會吝於協助，但狀況並非如此。他有想要的東西，時間上也有限制。

與其說霸修有想要的東西，將說詞置換成他有不願保留的東西要拋棄也是可以……總之，既然他已經被眼前的少女甩了，就得去找其他的對象。

假如霸修還沒有被甩，為了提高求婚的成功率，為了博取女方好感，起碼他還不會吝惜伸出援手，如今卻為時已晚。

「這樣啊……哎，我想也是……」

少女難掩沮喪之情。

然而，這也沒辦法，畢竟霸修並不是閒著沒事。

「妳保重。」

話說完以後，霸修側眼看著垂頭喪氣的少女，然後從屋裡離開。

他頭也不回地直接朝通往大街的路走去。

少女很美，失去這樣的對象讓人惋惜。可是，被甩掉了就要爽快地放棄，早早去找下一個女人才符合禮節。死纏爛打的話，難保不會演變成非合意交媾。

既然對方說不行，霸修就非得死心。

2.少女的屈辱

而且時間是有限的。

霸修能保有戰士身分的時間並不長。

他總不能一直惦記著敗北，讓時間白白流逝。

「剛才真遺憾耶，老大。」

「是啊。」

「不過，布里茲叫我們到這裡，肯定有他的理由！繼續努力尋找好對象吧！像平常那樣先找旅舍下榻，然後在那裡開作戰會議！」

「我明白。」

霸修與捷兒互相點頭以後就走回通往大街的路。

3. 要得到女人，這是最簡單的方法

「那女的也不錯。」

「好！我去問她的名字！」

隔天，霸修他們正在多邦嘎地坑的大街上賣力獵豔。

即使稱作獵豔，他們並不是用半獸人過去習以為常的強擄民女那一套。

霸修會先物色有誰讓他覺得「這女的可以」，再由捷兒過去請教芳名。

順便也問問已婚與否，以及是不是現居矮人國等等。

捷兒拿了紙把那些都寫成筆記。

換言之，就是收集情報。

仔細回想，上次失敗的原因在於情報稀缺。

霸修不慎找了再怎麼掙扎也無法高攀的對象求婚。

桑德索妮雅是一朵遠在天邊的花。

然而，換成其他女精靈，比如布里茲追到手的那種普通女兵，或許早就已經接受霸修的

3.要得到女人，這是最簡單的方法

求婚了。

要明辨自己能夠一親芳澤的對象。

然後再依照矮人族的規矩求婚，把老婆娶回家。

霸修這次採用的作戰方案便是如此。

「我問到了，她的名字叫波琳，單身，是個在酒館工作的平民。當對象不成問題！不過，我覺得老大可以找層次更高的女人耶。」

「不，先娶到一個老婆才要緊！」

「也對！凡事都要穩紮穩打！那麼，名單也差不多填滿了。接下來，我們要討論該怎麼把這些女人追到手！」

「好！」

收集芳名，收集情報，思考策略。

女矮人會喜歡什麼樣的男人？嫁給半獸人也能接受嗎？

至少霸修感覺不到在智人國感受過的那種明顯敵意或畏懼。

但疏忽是大忌。

必須釐清狀況，再照著有十成把握的戰略來走。

霸修與捷兒是身經百戰的戰士。

即使兩度吃虌，也不會有第三次。

「先來想想要怎麼……嗯？」

就在此時，霸修耳裡響起了熟悉的聲音。

聽來像是大群人一同高喊時，彷彿有巨物拔地而起的響聲。

在戰爭中，天天都會聽見的聲音。

「怎麼了嗎？又有別的女人讓老大感興趣？」

「沒有，我聽見歡呼。」

「啊，聽說競技場就在附近耶！老大要不要去看看？」

「嗯……也好。」

霸修這麼回話以後，便朝著歡呼湧現的方向走去。

立刻就找到競技場了。

它在大道前方，可以說正好位於山的中心處。

遠遠望去像一道牆。可是，接近看便會發現那是圓形的建築物。

抬頭可瞧見鏤空的天蓋，陽光從天灑落。

符合矮人風格的石砌競技場牢靠穩固，座落在大道正中央。

3.要得到女人，這是最簡單的方法

聽得出歡呼正是從那當中傳來。

非但如此，還響起了對霸修來說已經聽慣的干戈聲。

「感覺場面很盛大耶。」

「聽來是這樣。」

似乎為了一觀賽事，競技場門口出入者眾。

「啊，好像得付入場費。」

「沒問題。我們有在席瓦納西森林掙來的錢。」

當他們倆說著這些，準備進去競技場時——

「嗯？」

忽然間，霸修的目光落到了某處。

那裡有一群人坐在競技場牆際。

由霸修看來，也覺得那群男人很眼熟。

他們是半獸人。不知道為什麼，有半獸人坐在競技場牆際，手腳還上了枷鎖。

「老大，那裡有半獸人耶，不曉得他們是怎麼了。」

「誰知道……」

「會不會是流浪半獸人？」

「恐怕。」

說是這麼說，霸修當然也不可能記得全體半獸人的長相。

戰後這三年一同生活過的人臉孔與名字還對得上，但是要談到流浪半獸人的話，由於有大量同胞在締結和約後流亡，霸修的記憶便模糊不清。

簡而言之，誰死於戰爭，誰離開故鄉成了流浪半獸人，霸修無法分辨。

霸修不認得他們的臉。

總覺得彼此似乎見過面，因此應該曾在某處戰線一同奮鬥。既然這樣，他們在戰後就立刻從半獸人國出走了吧。

看他們像那樣淪為奴隸，大概是來到矮人國鬧事後，不消多久便落網了。

如果是俘虜，霸修會救他們離開，但流浪半獸人並非同胞。

受制為奴應是他們該得的下場。

「走吧。」

霸修打住了望向他們的視線，踏進競技場當中。

3.要得到女人，這是最簡單的方法

◆

競技場為狂熱所籠罩。

在競技場戰鬥的是三名鬥士，以及一頭魔獸。

刺尾獅，棲息於遙遠東北森林的魔獸，似虎的身軀生得赤紅，頭顱看起來與人類亦有相像之處，卻絕對不會說出屬於人的語言。

它的尾巴如海膽般覆有尖刺，這種刺會分泌劇毒。

被刺到的話，連食人魔都會瞬間暈厥，毒性之猛足以致死。

換成半獸人這種對毒有抗性的種族被刺，後果頂多是口吐白沫昏倒，然而昏倒以後就會被刺尾獅咬死，因此結果是一樣的。

刺尾獅屬於棲息地遠離半獸人定居區域的生物，霸修卻跟它交手過幾次。

當時在霸修趕到現場前，現場犧牲了六名半獸人戰士。

刺尾獅便是如此危險的魔獸。

在競技場中，早有兩名鬥士口吐白沫昏倒了。

五人中有兩人被擺平，戰線就將近瓦解，勝算已經看似渺茫。

可是，仔細觀察即可發現刺尾獅的右眼失明，腿上還綁著鎖鏈。

剩下的三名鬥士有兩人繞到刺尾獅左側，另一人則繞到了右側。

趁左側兩人施壓引開刺尾獅注意，右側那人就給予精確的攻擊，對它造成傷害。

戰況均勢。

五人中應該有老手熟知要怎麼對付刺尾獅吧。

「先剝奪魔獸的腳程與視野，再確實給予傷害。那些鬥士真不賴耶。」

「是啊。繞到右側的男人有本事，照他那樣遲早能打倒魔獸才對。」

如霸修所言，沒過多久，右側的男子就用劍深深捅進刺尾獅的脇下一帶。

對準要害的致命一擊。

刺尾獅胡亂甩了尾巴一陣，最後還是猛吐鮮血，力竭倒下。

掌聲稀疏響起。

儘管魔獸收拾得巧妙，在觀眾看來，刺激感卻好像略嫌不足。

以表演節目而言，大概只有中下程度。霸修看了也覺得沒意思，終究跟聚眾狩獵是同一回事。看這種日常性質的活動不可能會覺得有趣。

「喔，老大，接下來好像就是人跟人戰鬥了耶。」

刺尾獅與倒地的鬥士都被清理掉以後，又有另一個披盔帶甲的男子上場。

3.要得到女人，這是最簡單的方法

長相到底是看不出來，但體魄看得出飽經鍛鍊。

然而，霸修與捷兒另有在意的部分。

「欸，老大，那是不是……」

「……」

鬥士們的皮膚都是綠色。

沒錯，儼然與霸修一樣。

「咕啦——喔！」

「咕啦——！」

有氣無力的戰吼。

可是，會在決鬥前像這樣發出戰吼的種族只有一種。

半獸人。

「喔，半獸人之間的決鬥！」

「想必有看頭！」

原本還以為看錯，但旁邊的觀眾也這麼說。

不知道為什麼，半獸人正在場上互搏。

雙方手持劍與盾，打得鏗鏗鏘鏘。

乍看是平分秋色的激烈戰況。觀眾也在雙方攻擊得手時隨之叫喊，氣氛逐漸升溫。

然而——

「……那是在搞什麼？」

唯有霸修的反應不同。

霸修知道半獸人之間的決鬥是怎麼一回事。

那是要拚上性命交手的。

要使出渾身解數交手。

要本著殊死的覺悟交手。

散發足以咬死對方的殺氣，朝勝利邁步向前，為驅散逼近的敗北而揮劍。

即使決鬥的是年輕人或火候不足者也不會變。辦不到那一點的人，就沒有資格決鬥。

該是這麼回事的。

對半獸人而言，決鬥非得是這麼一回事。

可是，在競技場上進行的戰鬥並非如此。

完全不同。

那完全是在跳舞。

感覺不到殺氣，更沒有拚上性命，連力道都做了幾分保留，根本毫無殊死的覺悟。隨便

3.要得到女人，這是最簡單的方法

過幾招以後，只要某一方占了優勢，另一方就會及早投降以免掛彩，兩者之間流露出如此的氣息。

像他們這樣豈可稱作決鬥。

「……」

「老大，你是在生氣嗎……？」

霸修沒有回話。他默默地觀望著戰鬥。

不久，戰鬥迎來佳境。

演得勢均力敵的兩人之中，有一方將對手的劍彈飛，並且順勢在失去兵器者的大腿附近造成大片砍傷。

被砍傷的那方膝蓋觸地以後，劍就抵到了他的頸子。

分出勝負了。

「唔喔喔喔喔喔喔喔喔！」

勝者高舉劍，發出嘶喊。

聲量比剛才的戰吼更大。

為了煽動觀眾，他張開雙臂，好似要環顧整座競技場一樣到處闊步。

「那是在做什麼啊？視線都從對手身上轉開了，還喊得那麼大聲……他不取對手的性命嗎？會遭受反撲耶。」

捷兒不可思議似的說道，在他右邊的觀眾就轉過頭。

「喂喂喂，妖精老弟，難不成你是第一次來競技場？」

那是個紅臉的矮人。

他兩手拿著啤酒，意醉心寬地打了個嗝。

酒臭味充斥於四周。

「聽好～～我來告訴你，那是勝者在拜託觀眾饒敗者一命。」

「他為什麼要那樣做啊？」

「大概是透過搏鬥讓他認同了對手的強勁……但是敗者這條命的生殺予奪全都取決於觀眾，就像你看見的那樣。」

如男矮人所說，大多數觀眾都豎起拇指。

獲勝的鬥士拉起對手以後就借出自己的肩膀，將人攙到競技場裡頭。

「假如比賽過程太乏味，觀眾也會要求勝者下殺手，但考慮到以後還能看見像剛才那樣精彩的比賽，選擇留敗者一命才划算吧？……唉，反正戰爭時大家看人喪命也已經看膩了，除非出現什麼荒唐的場面，否則也不至於要他死啦。」

「哦～～不過戰爭結束後還每天廝殺，甚至當成娛樂節目，沒想到矮人族挺野蠻耶。」

3.要得到女人，這是最簡單的方法

「啥？你說這話就蠢了。只有奴隸之間的比賽才會打到至死方休啦。」

奴隸。

沒錯，矮人族裡存在奴隸制度。為了提高自己的生產效率，他們會把戰爭中捉到的俘虜充作奴隸，逼迫其幹活。

派奴隸在競技場戰鬥是自古以來的傳統。

「老大，你有沒有聽見？這樣好嗎？居然讓半獸人當奴隸……」

「……以流浪半獸人的末路而言，算妥當吧。」

再三重申，倘若現在是戰時，而他們都是俘虜，霸修應該就馬上衝出去救人了。

然而，流浪半獸人已非同胞。

被迫表演那種沒勁的決鬥簡直慘不忍睹，對半獸人之恥來說恰合其身分。

雖然讓外界認為半獸人就是如此決鬥，也會讓霸修感到屈辱就是了。

「呀～～！」

忽然間，傳來了少女尖叫的聲音。

霸修轉眼看去，就發現有女矮人望著競技場扯開了嗓門。

霸修也很快察覺到這陣聲音並非單純的尖叫。

畢竟女矮人明明在尖叫，臉上卻帶著笑容。

既然如此，這就是歡呼了。她正興奮地發出歡呼。

她的視線前方——在競技場，下一場戰鬥已經開打。

仍舊是半獸人互鬥。

然而，參戰者身手遠比剛才出色。

仍舊既無活力亦無殺氣，有如扮家家酒的決鬥，雙方交戰卻更有可看性。

尤其是手持劍與盾的男子，感覺他熟知自己要怎麼動才能讓戰鬥顯得難分高下，才能讓觀眾以為場上正在進行激烈的較勁。

霸修看了那名男子的作戰方式，就覺得似曾相識——

「好帥～～！」

「你太棒了～～！抱我～～！」

可是，女矮人發出的聲援更令他在意。

看來這個拿盾的男子頗具人氣。

甚至有女人當眾說出「抱我」這種詞。一次就好，霸修也想聽女人這麼說。

況且，叫嚷的女人姿色實在不錯。

有此等姿色，別說一次兩次或是三次，霸修應該都能如她所願。

「我是不太懂狀況，可是在女矮人之間，強悍的半獸人好像很受歡迎耶。」

3.要得到女人，這是最簡單的方法

「看來是這樣。」

「感覺老大只要秀一手就能搞定了，但是要用什麼方式表現呢……」

「嗯。」

女矮人青睞強悍的半獸人。

換句話說，霸修只要找到讓自己展現強處的場合，也就有可能得到名單上的那些女人理睬。

霸修是半獸人的英雄。

談到強悍這方面，形同已經掛了保證。

可以說霸修的處男之身在這裡就像風中殘燭。

「喂喂喂，來到競技場還想著女人？慢著，仔細一瞧，老兄你不是半獸人嗎！」

於是，左邊的醉鬼這麼開了口。

他還是滿臉通紅，兩手拿著啤酒，腳邊還擱著酒桶。

看得出早就完全喝醉了。

「嗝，半獸人的話也難怪啦，會想要女人是可以理解。不過呢～～遺憾的是～～你想破頭也沒用，沒用沒用！」

「什麼叫沒用！我們老大的身手可厲害了！他只要出一隻手就可以把尋常混混打得屁滾

尿流！不對，別說出一隻手，他用指頭就夠了，用小指頭就能撂倒人！那些女人看他那麼厲害，難道不會紛紛叫著：『呀啊～～來抱我！』嗎！」

「妖精老弟，你聽好～～那可就錯了。那邊的幾個野丫頭～～只是想看打鬥罷了，她們會朝著淪為奴隸的半獸人鬥士尖叫，並不是因為發花痴，她們純粹是對打鬥這件事感到興奮啦～～！」

「唔……原來是這樣啊。」

原以為尋得一縷光明的霸修隨之失望。

矮人大概是不忍心看霸修那樣，或者單純醉得有話不吐不快，就繼續說下去。

「哎，你無論如何都想要女人的話～～就該參加武神具祭！」

「……參加以後能怎樣？」

「在大賽奪得冠軍的人～～！有任何願望都能實現！」

「任何願望……？」

根據這名矮人的說明，狀況是這樣。

所謂的武神具祭，是由矮人王召開的矮人族最大祭典。

這跟昨天少女告訴他們的一樣。

可是，據說其實在大賽奪冠者能以矮人王之名實現任何願望。

3.要得到女人，這是最簡單的方法

當然了，那是指在矮人王權柄所及的範圍內，不過範圍實在太廣了。

比如戰鬼多拉多拉多邦嘎。

第一次在大賽奪冠時，他表示想要這座多邦嘎地坑，因而成了領主。

下屆大賽奪冠時，他要到了幾乎用之不盡的財富。

下下屆大賽則要到了地位。

下下下屆大賽就娶到了矮人王的女兒為妻。

據說原本孑然一身的無賴矮人就是靠這樣將一切都納入了手中。

「換句話說，只要半獸人老兄拿到冠軍！想要一兩個女人自然是易如反掌！」

霸修與捷兒看了彼此的臉。

奪得冠軍，就能把想要的東西納入手中。依循多拉多拉多邦嘎的前例，霸修也可以娶到老婆。

對霸修而言，這場大賽堪稱天造地設。

「原來是這樣，老大，我懂了！布里茲提的就是這回事！」

「是啊，看來沒錯！對那傢伙可真是謝也謝不完！」

布里茲並沒有特別提到什麼，何止如此，他大概也不清楚武神具祭云云。

但是，霸修與捷兒都對他深深感謝。

哥兒倆心想，他肯定是料到會有這種情況才指引他們過來的。

智人族果真消息靈通，「絕命者」的外號並非浪得虛名。

「你們～～要參加祭典是嗎～～不錯啊～～！可是，這座城裡的知名鐵匠大多已經找到一起出場的鬥士了。遺憾嘍！」

沒錯，假如要參加大賽，必須有鐵匠當搭檔。

「老大，那不就有希望了嗎！」

「……是啊！」

他們想起昨天的少女。

儘管霸修被對方甩掉，但她想找一個鬥士。

既然如此，雙方的利害一致。

「我們不能再這樣耽擱了，現在立刻回去找她！」

捷兒一飛而去。

他用幾乎前所未見的速度飛走了。

捷兒將翅膀拍動到極限，飛的速度快得讓人懷疑是不是伴隨著衝擊波。

霸修也像光一樣追了上去。

這陣衝擊撞飛了一群醉漢，但他們只是倒在地上哈哈大笑。

3.要得到女人，這是最簡單的方法

◆

抵達少女的住處時，時間已是夜晚。

由於她說過要去尋找鬥士，屋裡已無少女的蹤影……

本以為會是這樣，結果她正好要出門。

「喂。」

「！大、大姊，妳誤會了！我並沒有要到國外……」

少女急忙回頭這麼說，但她看見霸修的臉就鬆了口氣。

「什麼嘛，原來是你……怎麼了嗎？先跟你聲明，想找人生小孩的話，恕我拒絕，求再多次也一樣。我有事情要做，為此我非得找到鬥士才行。」

「嗯，我來是要擔任妳的鬥士。」

「假如……你打算霸王硬上弓，最好先想清楚。這裡看起來像是暗巷，但衛兵仍會經過，而且我這次也會抵抗……你剛才說什麼？」

少女一邊眨眼一邊抬頭看了霸修。

「我來是要擔任妳的鬥士。」

霸修重複同一句話。

然而，少女即使聽得懂這句話的內容，也還是不太能領會。

困惑到最後，她看了捷兒那邊。

在這種時候最不該看的傢伙。

「目標是拿冠軍！我也會盡全力協助妳！」

捷兒同樣開口幫腔。

少女對他那種坦然的態度略感納悶，並且把視線投向霸修。

「這樣好嗎？你不是有東西要尋找？我倒想問，你是在找什麼？」

「……這個嘛——」

被對方一問，霸修瞬間遲疑是否該回答。

然而，她是已經甩掉自己的人。順帶一提，矮人是一夫多妻制，即使告訴她也無妨吧。

只要處男身分不穿幫就好。

「……我在找女人。」

「啥？」

「我在找能當老婆的女人。」

「是喔……原來如此。所以你是想在武神具祭拿下冠軍以便盡快把女人弄到手嘍……」

3.要得到女人，這是最簡單的方法

「正是這麼回事。」

少女一臉傻眼地看向霸修。

言外之意是難怪他會突然朝自己撲上來。

「哎，對我來說無關緊要啦。更重要的是，你真想跟我搭檔嗎？我的打鐵技術固然是一流的，不過那些傢伙……我的大哥大姊想必都會來干擾喔。」

「無所謂。」

霸修是半獸人的英雄。

在戰爭中，他迎面擊破了眾多大敵。作戰行動受干擾對他來說根本是家常便飯。

然而一旦有目標在前，霸修便無人能敵。任何敵人都被他一路宰了過來。

干擾有跟沒有都差不多。

「……不過，這樣啊……原來你願意當我的鬥士……」

少女又困惑了幾秒鐘左右。

但是，不久她就理解現實了。

淚水從眼眶浮現，差點就滿盈而出。

原本她幾乎放棄了。她認為自己肯定得不到展現實力的舞台，只能這樣過一輩子，險些在灰暗的絕望裡被迫跪下。

然而，事情跟少女想的不同。

此刻有戰士在她眼前，肯陪她一同奮戰的夥伴。

雖然她不清楚這個半獸人有多少本事，但是憑自己的本領，憑自己的武具，就能以冠軍為目標。

少女總算有機會讓兄姊們服輸了。

「好！」

她立刻擦掉眼淚，然後掩飾似的咧嘴一笑。

「那麼，往後請多指教嘍！」

「行！」

「……呃，你叫什麼名字來著？」

「霸修。這邊的是捷兒。」

「我的名字是普莉梅菈多邦嘎，叫我普莉梅菈就好！」

霸修就此與普莉梅菈聯手，參加武神具祭一事便這麼敲定了。

4. 陰謀重重

隔天早上，霸修來到了多邦嘎地坑的城郊……某處位於山外的森林。

森林有一角經過開拓，變得像廣場一樣。

地上處處可見看似鎧甲試作品的玩意兒，俯拾即是。

矮人的垃圾場。

大部分的矮人都會將失敗作回爐鎔化，然後重新利用，但也不是所有素材都能立刻派上用場。

有多餘的素材就會像這樣棄置到山外，任誰都可以取用。

普莉梅菈正在這樣的廣場上扠著腰，仰望霸修並挺出下巴。

從站姿就能感受到幹勁。

「既然要參賽，我是認真想拿下冠軍的。」

「嗯。」

反觀霸修，答話顯得愛理不理。

這也無可厚非。

畢竟從霸修的角度正好可以瞧見普莉梅菈的乳溝而大飽眼福。

「一流鐵匠會替戰士鑄造合用的武器。所以，我也打算鑄造合用的武器給你。」

普莉梅菈這麼說完，就朝霸修遞出一把劍。

劍身寬且厚的雙刃劍。材質似乎用了特殊的金屬，表面綻發紅光。

刃長約一公尺半。

這樣的長度，智人會用雙手來使，不過半獸人靠單手就夠了。

「在我鑄的劍當中，要提到最高傑作……它還稱不上，但也算是精良的好劍之一。」

「嗯。」

霸修將劍收下。

接劍之際，他摸到普莉梅菈的手，心頭便怦然一顫。

昨晚霸修摟過，不，抓過普莉梅菈的肩膀，那讓他想起了當時的觸感。

雖然說對方甩了霸修，但普莉梅菈是個美少女……他總不可能不興奮。

目前普莉梅菈披了厚厚的斗篷包覆住身體，可是既有肌肉又苗條的女性肢體就藏在底下，這一點霸修也很清楚。

反觀普莉梅菈對半獸人就沒有熟悉到可以看出他們的臉色。

4.陰謀重重

因此她察覺不到霸修的非分之想。

「所幸，這裡正好有許多鎧甲可以供你試砍。」

普莉梅菈說完就捧起一副鎧甲，擺到自己帶來的台座上。

「先揮揮看，希望你坦白說出意見，有什麼希望改進的部分就告訴我。」

「我知道了。」

霸修確認過普莉梅菈已經後退，就高舉起劍，然後揮下。

流暢俐落的動作。

可是，普莉梅菈沒能看清他的動作。

重複過幾千幾萬次的動作。

霸修的臂力能斬斷任何物體，他這一劍分毫不差地劈中了鎧甲最堅硬的部分。

於是，現場發出了介於「鏗」與「鏘」之間的清脆聲響，劍刃已然掃過。

「啊……」

在普莉梅菈眨眼的那一瞬間，鎧甲迸裂似的碎散。

各種零件叮叮噹噹地散落。

萬一現場有人認識戰場上的霸修，應該就會在戰慄的同時感到心服。

縱使不認得霸修，只要是小有身手的人，便能體認到剛才那一劍有多麼震撼，並且隨之發抖吧。

換成野生動物，都會立刻認輸逃跑或者露出腹部投降才對。

如此強橫的一劍。

少女目睹那一幕以後，既沒有逃也沒有露出腹部。

而是破口大罵。

「混帳！」

她嚷嚷著衝到了霸修身邊。

「哪有人用劍會像你這樣猛敲啊！這可不是棍棒！」

接著她從霸修手裡搶了劍，檢視劍刃。

劍刃彎得像是被人當成槓桿用過，變得歪七扭八。

「唉～～你看吧，都被你敲得變形了。」

「唔……」

「真是的，你這蠻力太離譜了吧……唉～～……」

普莉梅菈氣呼呼地抱怨後，用手指撫摸劍彎掉的部分，大聲地嘆了氣。

然而，她馬上轉過頭，好似換了心情地看向霸修。

「不過，眼前的課題倒是出現了。你靠的是蠻力，劍術也沒多了不起。那我與其追求鋒

4.陰謀重重

利，提升耐久性會更好。」

「咦！」

捷兒驚訝得眼睛都蹦了出來。

這也難怪。捷兒從未看過有人狂妄得見識了霸修揮的劍後，還敢說「沒多了不起」這種話。

光是承受那一劍，霸修的對手都會在無言中絕命，否則也要帶著戰慄的表情跪下，進而抬頭仰望他。

憑捷兒身經百戰的歷練，也會擺出行家的臉孔，將霸修剛才那一劍評比為：「精湛程度於近年可與五年前的巔峰時期比肩，兼顧速度與力道的上乘表現。」

「怎麼樣？我說錯了嗎？」

「……妳並沒有說錯。」

至於霸修，他對普莉梅菈的感想並不介意。

至今霸修被人這麼說過兩次。

霸修本身也認識幾名劍術比自己高明的戰士。

因此，他認為自己的劍術並沒有了不起到值得驕傲的程度。

「所以我都用這柄劍。」

4.陰謀重重

「哦～～……哎，與其拿不上不下的武器，體積大又硬的劍是比較像樣……好。」

普莉梅菈仔細打量霸修背後的劍以後，就拍響了手掌。

「總之，我對適合你用的武具有頭緒了。」

「噢。」

「當下得去採購替你鍛造武具的鐵。跟我來。」

普莉梅菈這麼說完，就快步朝著城鎮的方向走回去。

霸修他們照著吩咐，隨她跟了過去。

◆　◆　◆

多邦嘎地坑有規模龐大的市場。

符合矮人居處風格的該地結構蜿蜒曲折，從貢克拉夏山脈中的礦山採掘出來的金屬便集中於此。

矮人商家都將礦物堆在看似無意營業的店面前，肯光顧的矮人自會過來物色採購。

挑不出良礦的鐵匠並非好鐵匠。

多拉多拉多邦嘎曾留下這一句格言，矮人們早把這當成理所當然的事。

換句話說，在矮人鐵匠的觀念中，培養挑選良礦的好眼光亦屬一項「實力」。

當然，他們要求的不只眼力。

「你有一身蠻力，所以用灼鐵鑄劍應該比較好。那可以讓火爐常保高溫，完工的劍就會堅固耐用。」

於鑄造武具之際挑選最適合的礦種，同樣是鐵匠的實力之一。

材料、製程一有差異，成品就會天差地遠。

何況他們要參加武神具祭，自然不能有絲毫的妥協。

「劍身用灼鐵，但芯骨就選熱能礦吧。劍刃的部分則採克林納鋼……」

普莉梅菈這麼說著，靈巧地拿起礦石，用從懷裡掏出的放大鏡端詳後，挑好的貨色就會被拋進霸修捧著的籃子裡。

霸修與捷兒則心想「原來學問這麼多」，看著金屬在籃子裡逐漸累積。

「所謂的礦石，看起來意外有光彩。」

霸修瞧了瞧以後便如此嘀咕。

以往他都沒有仔細觀察過，然而石頭有帶著赤紅色澤的，有發出綠光的……印象中矮人製作的武具都是樸素的鐵灰色，所用的礦石顏色倒是光鮮。

「那當然嘍，老大。畢竟矮人就是拿這些礦石製作出閃亮動人的項鍊啊！像精靈戴的那

4.陰謀重重

種金閃閃項鍊，也是用這些礦石製作的！」

「原來如此。沒想到項鍊的材料居然跟武具一樣……」

聽捷兒一說，礦石反射的光澤確實也與霸修在席瓦納西森林取得的項鍊類似。

哎，實際上當然沒有那回事，先前提到的項鍊都是用金銀一類製成，然而妖精族內根本沒人會去打鐵，發生這種誤解也是難免。

「啥？你說不賣是什麼意思！」

當霸修他們感到佩服時，忽然有叫罵聲傳了過來。

轉眼看去，便發現普莉梅菈正瞪著坐在櫃台對面的老闆。

老闆毫未掩飾不悅的臉色，同樣盯著普莉梅菈。

「我從剛才就在聽，妳竟敢胡說八道。劍身用灼鐵？芯骨還選上熱能礦？喂，妳真的是矮人嗎？我這裡可沒有礦石可以賣給連打鐵基礎知識都不懂的人。妳回去練練再來吧。」

「我才想說呢，你只會標榜那些老古板的觀念吧！灼鐵確實不適合當劍身的材料，因為它韌性不足。可是，靠我獨自研究的提煉法就可以兼顧硬度與韌性。雖然鋒利度會下降，但我會在劍刃使用克林納鋼，這樣還可以期待素材帶來的緩衝效果。要說的話，鋒利度固然是相對遜色，不過在硬度方面就完美無缺啦。」

「……嘖，跟妳沒什麼好談。擱下商品趕快滾。」

店主「呸」一聲吐了唾沫，並且交抱雙臂，態度堅決地瞪向普莉梅菈。

「……！」

普莉梅菈一臉氣上心頭的表情，聳起肩膀像是隨時都要伸手揪住老闆，不過她並沒有動粗。

基本上，即使她要動粗，光看老闆的手臂就比她粗上兩倍。

要打應該也打不成。

「怎麼了？」

霸修如此問道，普莉梅菈就咬牙切齒地回過頭。

「跟你聽見的一樣，這個老頑固不肯賣礦石給我。」

「為什麼？」

「誰曉得，你去問那個老頑固啊。」

被普莉梅菈這麼一說，霸修站到了老闆面前。

老闆看了看霸修。

「你就是普莉梅菈找來的鬥士？什麼都不懂的半獸人最好少管閒……」

他打算道出固執之言，然後視線就停到了某一點。

接著，老闆再次看了霸修的臉。

4.陰謀重重

「……」

於是，他的臉上添了戰慄的色彩，牙關也開始咬得格格作響。

完全可以看出這名男人就是認得霸修，才會有這種表情。

在戰場上一度目睹霸修的人都會露出這種表情。

對霸修來說，這算看得比較習慣的反應。

「為什麼不賣給她？」

「不是……我剛才，並沒有不賣的意思。沒錯，我只是想找那個小丫頭說教幾句，這家店開著就是要做生意啦。她要買，我就賣啊，當然賣。所以，拜託你，饒我一命，求你行行好……」

話說完，老闆就迅速轉開視線。

「他好像肯賣。」

「哦～～居然只瞪一眼就能讓這個頑固的老爺爺閉嘴，滿厲害的嘛。表示你在戰場並沒有白混嘍？哎，算啦。費用我放在這裡。我們走吧！」

普莉梅菈這麼說完就豪氣地把裝著錢的袋子擺到櫃台，然後從店裡離開。

霸修也跟到她後頭。

「……」

店裡只剩下膽顫心驚的老闆。

他等普莉梅菈與霸修消失一陣子才起身，接著悄悄地望向店外。

確認過熟悉的矮人城鎮裡並沒有那個恐怖的半獸人身影，他總算鬆了口氣。

隨後，他想起自己剛才目睹的人物，因而打了哆嗦。

「普莉梅菈那丫頭，居然帶了這等角色上門……」

他只在戰場見過霸修一次。

說來汗顏，目睹對方的瞬間就讓他跌坐在地，完全喪失戰意。

猶記自己跌坐的上一刻，原本其他夥伴都還在閒聊，直至橫屍在旁。

「普莉梅菈那丫頭……」

老闆回憶當時的情境，細想到最後，從他口裡發出的是──

「她不要緊吧……？」

為了女娃不知天高地厚而操心的聲音。

◆　◆　◆

「那麼，我接下來都會窩在工坊，你就去城裡逛逛吧。」

4.陰謀重重

「可以讓我看妳鑄劍嗎？」

「不、不行！」

霸修隨口問的一句話遭到強烈拒絕，使他挑起了一邊眉毛。

「為什麼不行？」

「這哪有什麼好說的！矮人打鐵術在矮人之間可是祕而不傳耶！」

普莉梅菈摟住自己的雙肩退了一步。

捷兒見狀就想通了。

有時候這個妖精的直覺異常地靈光。

因此，外界偶爾會稱他為「心電感應者捷兒」。

（老大，看來是因為你昨天想抱她，讓她起了戒心。）

（是這樣嗎？）

（不僅限矮人，任何種族打鐵幾乎都要光著身子啊。雖然說老大上次未遂，考量到昨天的情況，也難怪她會擔心被侵犯啦。）

聽捷兒提到打鐵幾乎要光著身子，霸修個人就希望能在旁觀賞了。

他不可能不想看。

然而對方明言不行，霸修總不能逼她就範。奉半獸人王之令，非合意性交已被嚴格禁止了。

「我明白了。那我就到街上逛逛。」

「試作品會在晚上完成……我想想，麻煩你在時針指向七的時候回來。你們倆應該曉得怎麼看時鐘吧？」

「沒問題！」

矮人的城鎮裡看不見太陽。

為此，要看城內各處設置的時鐘來確認時間。

這是矮人國特有的文化，其他種族……尤其是七種族聯合當中，懂得看時鐘的人少之又少。

不過，捷兒會看。

因為在矮人軍中從事間諜工作時，懂得看時針報時會是一大優勢。

「好！那我這就去鑄劍！我會鑄出你以前從未拿過的利器，伸長脖子等著吧！」

普莉梅菈這麼說完就拔腿往工坊跑去。

霸修則是目送她，然後才看向捷兒，心想接下來該如何是好。

捷兒用手抵著腰，還鼓起了腮幫子。

「……哎呀～～我簡直不敢相信。」

4.陰謀重重

「不敢相信什麼？」

「這還用問！老大，那個女的竟敢說你的劍術沒多了不起耶！還說你只有蠻力！老大身為半獸人的英雄居然被她嫌棄！老大殺遍敵人的劍術居然被她看輕！」

「我的劍術並沒多了不起是事實。給我這柄劍的男人也說過一樣的話。」

霸修說完就拔出了背後的劍。

當時，惡魔族的將軍曾向在戰場上數度失去武器的霸修說：「粗莽如你，用這玩意兒正合適。」便贈送了這柄像鐵塊一樣的劍給他。

「實際上，半獸人當中也有比我更會使劍的好手。」

「是這樣嗎？真的？老大，你對自己的評價會不會太低了一點？老大，你沒有看過自己作戰的模樣吧？照我的評估，老大在半獸人裡排得上第一耶。」

「我在半獸人當中確實是最強。」

「對吧？」

換成智人的話，或許會謙虛地連聲否認自己沒那麼厲害，但霸修是「半獸人英雄（Hero）」。身為戰士的他對於獲封半獸人最高榮譽有自覺與自負，多謙虛是無謂的。

「可是，戰鬥並非單靠使劍的技術就能左右。」

「啊，的確耶！那倒也對！畢竟並不是擅長用劍就等於本事高強！」

想在戰場上存活或擊敗強敵，重要的不只有劍術。捷兒也很清楚這一點。

所謂的強是總和來看的。

劍術這玩意兒不過是要素之一。

從古到今，以劍術為豪的各方戰士有許多已經在戰爭中吞敗，陣亡喪命了。

至於能克敵制勝、能存活下來的人們，斷然不等於劍術超群，當中純屬本事高強的凡夫也大有人在。

戰鬥，取勝，存活。

為了達成這些，光靠劍術超群是不夠的。

「好啦，既然我也服氣了！我們換個心情，到街上逛逛吧！要是沒有事先找好能讓老大看上的女人，拿到冠軍時難保不會發生想指名卻沒對象的狀況嘛！」

「說得對！」

霸修點頭以後就走回城裡。

◆

幾刻之後，霸修造訪了位於城裡的酒館。

4.陰謀重重

所幸多邦嘎地坑沒有人來盤問霸修。

大概是因為有眾多外族在此，矮人不太會視半獸人為敵。

儘管不清楚理由，霸修既沒有像在智人國那樣遭受敵視，更沒有像在精靈國那樣被人投以納悶眼光，就在酒館裡順利入座了。

目的當然是要繼續昨天進行的情報收集。

「哦～那麼，妳現在的爸爸和媽媽並不是妳的親生父母嘍？」

「是啊，沒有錯！可是我對他們的感情就像親生父母一樣……不，我更敬愛他們。再怎麼說，他們都收留了在戰爭中成為孤兒而差點沒命的我，還把我扶養到這麼大！」

「太感人了！妳簡直是矮人裡的頭號孝女！哎呀～矮人多得是講情重義的好兒女，但我第一次見識到像妳這樣的人物！何況妳長得這麼美，來追求的人是不是一大堆啊？妳這美麗尤物！」

「受不了，妖精講話就是這麼油腔滑調！」

目標是這間酒館的招牌紅花。

她名叫波琳。

霸修在酒館角落小酌，並用懷有期待的眼神看著捷兒打聽情報。他不開口，是因為這樣比較有效率。

只要在武神具祭奪冠，想要哪個女人都可以得手。
不過，從打聽到的說法判斷，能得到的對象僅限一人。
既然如此，挑哪個女人就變得很重要。
霸修本身倒覺得誰都可以，不過既然能將女人納為己有，他還是希望找個不會讓自己後悔的頂級美女。
為此不僅要知道女方的名字與職業，還必須掌握更詳細的情報。
先從昨天列出的清單中精選外貌出色者，目前則是在試探其內涵。
霸修只要等捷兒帶回的情報，再抉擇要哪個女人，並且在武神具祭拿下冠軍就好。
太過單純，太過容易。
以外表的偏好來講，由於對象是女矮人，精選以後仍遠遠不及茱迪絲或桑德索妮雅她們就是了，然而能確實得到手的話，霸修願意對此閉一隻眼。
「……」
霸修腦海裡浮現了奪冠後性交的場景，嘴角便忍俊不禁。
波琳在矮人中個子算高，體型也瘦。
她把具矮人特色的紅髮綁成馬尾，還帶著豁達的表情服務客人。
波琳並不算絕世美女。即使從所有種族隨意召集一百名女性，再從中選十名出來，霸修

4.陰謀重重

應該也不會提到她的名字。

當然，霸修胸口並沒有目睹茱迪絲或桑德索妮雅時的那種悸動感。

但是在女矮人當中，波琳算相當像樣的了。

畢竟波琳的胸部比茱迪絲或桑德索妮雅還大。

霸修一邊想像自己可以對那為所欲為，一邊把酒送入喉裡。

矮人喝酒的方式是兩手各持酒杯，並且交互著喝。

霸修右手拿蒸餾酒，左手拿啤酒，交互品嘗其滋味。

蒸餾酒味道之好，實在夠格稱作矮人族的獨門佳釀。含進口中會有圓潤的甘甜味擴散開來，直入鼻腔，吞下去就有蒸餾酒獨具的熱燙及辛辣刺激喉嚨。

啤酒並非矮人所釀，大概是引進了智人的產物吧。麥芽有特殊的苦味及清爽酸味，入喉既痛快又舒暢，可以當水一杯接一杯地喝。

女人鐵定能弄到手，酒也美味。

簡直無話可說。

霸修從踏上旅程後，不，從戰爭結束後，可說第一次感到如此寬心，因而用迷濛的目光望著捷兒與波琳。

「妳喜歡什麼樣的男人啊？」

「這個嘛，還是強壯的男人好。活得久，又不會生病，出事時還可以保護我。話雖如此，會比我先死的對象可就敬謝不敏嘍。我不想再看親人死。」

霸修的條件完全符合。

捷兒朝霸修豎起大拇指，當霸修打算點頭回應時……

「喂。」

忽然間，霸修的臉蒙上陰影。

波琳豐滿的胸脯消失了，被肌肉所覆的胸膛出現在眼前。

霸修抬起視線，就看見蓄著大鬍子的矮人臉孔。

「臭小子，你在看什麼？」

「我在看那個女人。」

霸修老實回答。

畢竟他用看的而已，沒道理被人責怪才對。

「哦，你想追咱們的偶像啊。厚臉皮的傢伙！」

「什麼！有半獸人想對波琳下手嗎！」

「這我可不能當作沒聽見！」

粗魯的矮人們乒乒乓乓地站起身，轉眼間就把霸修圍住了。

4.陰謀重重

話雖如此，矮人個頭都高不過坐著的霸修，使得霸修用略偏俯視的角度將他們幾個看了一圈。

「不行嗎？我只是看看啊。」

「少跟我們找藉口。」

「半獸人會盯著女人看，還不就是那個意思！」

「跟我們到外頭。我要宰了你。」

霸修不太能掌握話題的走向。

可是，他明白對方想做什麼了。

這種畫面在半獸人的酒館也很常見。酒酣耳熱以後，總會找理由跟人生事，然後直接帶到酒館外。

隨後，大夥會在酒館前開心地互毆。

換言之就是打架。

說穿了，他們是來找霸修打架的。

趁著喝醉的酒興就想向旁人宣揚自己多有能耐吧。

「……嗯。」

霸修來這個國家絕非為了找人打架。

面對精靈，他也絕不動手，連被找碴都沒有奉陪。

可是，此刻的霸修喝了酒，心情又好，興致就跟著上來了。

對方這麼有意找他打架還不奉陪，那可會壞了半獸人英雄的名聲。

假如圍著霸修的不是大鬍子男矮人，而是絕世美女，或許他還有息事寧人的選擇。畢竟霸修的目的並非博得名聲。

不過他看上的女人都在眼前說了「強壯的男人好」，有架可打誰不打呢？

「好吧。」

霸修拿了豎在一旁的劍。

當然，他無意在打架時用上武器。

不過東西被偷的話也會造成困擾，因此霸修只是想找個不礙事的地方擱著。

「……！」

「喂，你、你們看，那玩意兒是……」

「不會吧……那不是『不毀的惡魔大劍』嗎……」

然而，矮人們在目睹劍的瞬間，臉色就變了。

從醉醺醺的紅潤臉孔變成好似犯了宿醉的蒼白臉孔。

矮人們的視線在霸修的愛劍與霸修之間來來回回。

4.陰謀重重

「難道說，你就是霸修？人稱『半獸人英雄』的……」
「沒錯。」
矮人們發現了。
發現自己找碴的對象不得了。
只要是上戰場跟半獸人作戰過的人，任誰都曉得霸修的存在。從長相是分辨不了，然而看手裡的武器就一目了然。
「不會吧……」
「找碴要認清底線啦……」
「花一枚銀幣的酒錢上酒館找死，那些醉鬼的命未免太廉價……」
霸修想要到外頭，矮人們就一起讓了路。
半獸人之間要打架也會到外頭打，不過潛規則是找碴的一方要先出去等。
莫非矮人的規矩正好相反嗎……霸修如此心想，到了店的外頭。
大街上依舊為喧囂所籠罩。
猛一看旁邊，隔了兩棟的酒館似乎也發生了鬥毆。這表示無論是什麼種族的酒館，酒客會幹的事情大概都一樣吧。
霸修一路接觸到智人、精靈及矮人的陌生文化，這樣的事實使他有幾分寬慰，因而

「呵」地笑了出來。

然而，霸修穿越的死線並沒有少得讓他就此鬆懈。

他交抱雙臂，瞪著酒館門口，就等對手從裡面出來。

「……？」

可是，矮人們都沒有出來。

照這樣下去，霸修別說沒架可打，更無法對波琳展現自己是個強壯的男人。

或者說，矮人打架的規矩是主動挑釁的那一方得準備些什麼？

當霸修開始這麼想時，有身影從店裡面出來了。

那看起來遠比矮人嬌小，儼然是妖精的身影。

是捷兒。

「原來是捷兒啊。我接下來要打架，你也想加入嗎？」

「我覺得老大根本不需要幫手助陣就是了……倒不如說，老大等的對手全都從後門溜掉了喔。」

「什麼？」

「他們啊，八成是對老大望而生畏了。」

敗興。

4.陰謀重重

同時霸修也對矮人這個種族湧上了失望的情緒。主動來找碴居然還逃跑……軟弱得實在不像以頑強聞名的矮人族。

假如這裡是半獸人國，那些傢伙會丟臉得連出外走動都別想，淪為流浪半獸人是他們的唯一下場。起碼霸修就不會認同那樣的懦夫是半獸人。

然而，這裡是矮人國，大概也有那種懦弱之輩吧。

霸修放鬆交抱的雙臂，回到了店內。

於是，剛才來向霸修找碴的那些傢伙確實都不見人影了。

何止如此，連波琳都不見了。

「波琳呢？」

「據說她今天已經下班，所以就回家了。怎麼辦？要跟蹤她嗎？」

「情報收集夠了嗎？」

「萬無一失。」

「那就好。我們去找下個目標吧。」

打架方面固然令人洩氣，像霸修這樣大度的男人不會對小事掛懷。儘管有股氣無處發洩，但對手溜掉了就代表是霸修不戰而勝。

更何況他又不是專為打架才來這座城鎮。

為了達成原本的目的，霸修與捷兒前往下一間酒館。

◆　多邦嘎地坑　某處　◆

多拉多拉多邦嘎有超過十名的子嗣。
他們被稱為「多邦嘎之子」，在多邦嘎地坑屬於統治當地的支配者階層之一。
繼承戰鬼血統的他們比任何人都優秀。
他們多是一流鐵匠或者一流戰士，再不然就是兩者皆通的頂尖人物。
巴拉巴拉多邦嘎。
通稱巴拉巴拉。
他的存在正可謂「多邦嘎之子」的楷模。
巴拉巴拉多邦嘎乃是長男，也有參加戰爭，還拿下了足以獲得表揚的戰果。
他希望自己身為長男要能帶領弟妹，並在弟妹求助時提供助力。他對自己的期許就是如此。
而且無論身為鐵匠、身為戰士，他都不停鑽研常保一流之道。
為了像他偉大的父親多拉多拉多邦嘎那樣……

4.陰謀重重

實際上，他在去年的武神具祭就拿了冠軍，今年更打算連霸。

其他「多邦嘎之子」都尊敬他，視他為依靠。

唯獨父親與智人生下的那一個么妹例外。

「妳是說，普莉梅菈被半獸人擄走了？」

「錯了，不是那樣。你聽清楚啦，我說的是普莉梅菈帶著一名半獸人走了！」

那天，巴拉巴拉多邦嘎為迎接武神具祭，正在鍛鍊技藝，妹妹卡露梅菈就趕到了他的身邊。

卡露梅菈多邦嘎是次女，卻熱心得讓人以為她身兼母職，常會照顧弟妹。

她的廚藝有多巧，應該連不在多邦嘎地坑的其他兄弟都無人不曉。

當然，卡露梅菈身為「多邦嘎之子」，打鐵的技術亦屬一流。雖然以戰士而言要排到二流就是了。

而她最近苦惱的就是普莉梅菈多邦嘎這個么妹。

「多邦嘎之子」在矮人中是受期許的象徵，堪稱將來的希望。

絕大多數的兄弟姊妹自然都為了回應眾人期許而用心潛修，並且如願成長茁壯。

不過，只有普莉梅菈不同。只有她不受眾人期許。

因為她天生身子嬌弱，而且智人的血脈濃厚。

體格瘦弱，手臂纖細……這樣的女孩，無論當鐵匠或戰士都行不通。

每個人都這麼說。

連同樣身為「多邦嘎之子」的兄姊也如此認為。

就算這樣，為了不令「多邦嘎之子」蒙羞，她仍然用心潛修。

儘管當戰士是毫無指望，她深信自己當鐵匠還是可以成大器。

可是，普莉梅菈的打鐵技術尚未純熟，也拿不出成果，能獨當一面的只有口才。

每個人當然都不肯認同她。

愛操心的卡露梅菈曾屢次向她忠告。

起碼說大話的毛病要改，因為妳火候未到，就要懂得以不成熟者的立場用心打鐵，如果辦不到就別當鐵匠——卡露梅菈是這麼勸她的。可是急著追求成果的普莉梅菈當然無法聽進去……

鬧到最後，普莉梅菈就開始嚷嚷要參加武神具祭。

卡露梅菈告訴她：

這只會丟臉，不僅有損妳的名譽，更會傷害到協助妳的戰士，所以打消念頭吧——做姊姊的如此苦口婆心。

當然，普莉梅菈沒道理接納。

4.陰謀重重

用那樣的說詞，聽不入耳也是人之常情。

巴拉巴拉多邦嘎與卡露梅菈都曉得，她的技術固然不成熟，更要緊的是缺乏自覺。

對於戰士將性命託付在自己鍛造的武具這一點，她仍欠缺自覺……

正因如此，國內了解狀況的戰士都不肯提供助力。

而現在，普莉梅菈居然找了來自外國，又對內情一無所知的半獸人當幫手……

「我很擔心她。雖然半獸人對女矮人根本沒興趣，但是那孩子屬於智人混血種……希望她不會惹禍上身……」

「……用不著操心，半獸人應該已明令禁止與外族進行非合意性交，正派的半獸人都會遵守。」

「哼，大哥是男人才說得出這種話。所謂的合意，也可以事後再向女方徵得啊。」

「……」

巴拉巴拉多邦嘎一邊練習揮劍，一邊聽著卡露梅菈談這些。

她聲稱有事商量，但實質上無疑是來發牢騷的吧。

卡露梅菈總是這樣，她根本不在乎巴拉巴拉多邦嘎的意見。

「就算那孩子平安無事，她鑄的武具也不可能獲勝晉級。去年也發生過因為武具而輸掉比賽，鐵匠就被氣得發狂的戰士痛毆致死的事件吧？何況對方是腦子差的半獸人，身邊還帶

著撒謊成性的妖精，誰曉得後果會是如何……」

半獸人帶著妖精。

這項情報讓巴拉巴拉多邦嘎停止揮劍。

「慢著，難道普莉梅菈找到的搭檔不是半獸人奴隸？」

「咦？對啊，那個半獸人說自己是旅行者。我在國境攔住那孩子時，他就過來了。講話能溝通，好像也不是流浪半獸人。」

「半獸人會出外旅行……？而且還帶了妖精……？」

巴拉巴拉多邦嘎曾參加戰爭。

他也上陣跟半獸人交戰過好幾次。

半獸人固然是腦袋差的種族，但絕非無法溝通的魔獸，當他們與妖精相互配合時，總會採取細膩的作戰行動。

腦筋差歸差，但也就這樣而已。他們並不是無法思考，當中還有人會想鬼點子。

「那兩人叫什麼名字？旅行有何目的？」

「誰曉得。我沒問出詳情啦。聽他們說，好像要找東西。哼，八成是什麼重要的玩意兒吧，畢竟他們可是從席瓦納西森林的方向過來的。」

「……」

有蹊蹺。

巴拉巴拉多邦嘎這麼感受到。他沒聽過半獸人會出外旅行，還跟妖精結伴。必然有什麼目的才對。

而且，巴拉巴拉多邦嘎對那人的目的有了頭緒。

「那個半獸人的名字是？」

「名字？記得他叫什麼來著……我聽昨晚派去的男人提過……嘖，那群懦夫，平時都在吹噓自己上戰場立過的功勞，卻被一頭半獸人嚇得喪膽，再沒有比這更丟人的了。啊，我想起來了，他叫霸修，好像是有名氣的戰士。」

簡直令人汗毛直豎。

「妳說他叫霸修？」

巴拉巴拉多邦嘎回過頭，使勁抓住了卡露梅菈的肩膀。

「怎、怎樣？難不成你認識他？」

霸修。

半獸人的英雄。

曾以「破壞者」之名恣肆，被矮人視為災厄。

其名號在上前線與半獸人交戰的同胞中無人不曉。

4.陰謀重重

可是幾乎沒人認得他的長相，因為在戰場遇見他的戰士大半都死了。

多邦嘎家族有恩於許多戰士，他們都肯聽巴拉巴拉多邦嘎或卡露梅莅的請求。

他們是頑強的戰士，無論戰場上來了什麼樣的敵人都勇於應戰，從而一路穿越死線至今。以自己身經百戰的歷練為傲，自詡是不知恐懼為何物的矮人戰士。倘若有誰膽敢不知好歹出言冒犯，他們拚一口氣也會揍扁對方。

但是，這群戰士同時也有自知之明。

經過漫長的戰鬥，他們都知道自己的死線在哪、極限在哪。

有些夥伴只是稍稍越界就喪命於死線。

正因為如此，他們早已理解。

戰場上存在著絕對無法戰勝的強者。

霸修便是其中之一。

而現在，此等強者已來到這座多邦嘎地坑。聽聞消息的巴拉巴拉多邦嘎不禁隨之戰慄。

「總之，大哥，你想想辦法啦。我對那孩子同情得不得了，光是生為智人混血種就遭人看輕，吃盡了苦頭，心急之下又做出無法挽救的錯事，弄到最後還被半獸人抓去生小孩的話，未免太悽慘了吧？」

「唔嗯……」

巴拉巴拉多邦嘎交抱雙臂發出咕噥。

他的心思已經不在卡露梅菈身上。

而是放在矮人橫行於這座多邦嘎地坑的勾當。

見錢眼開的他們趁戰後局勢紛亂，一直從事某項惡行至今。

了解實情者包含巴拉巴拉多邦嘎在內，只有寥寥幾人。

巴拉巴拉多邦嘎自有想法，便坐視不管……然而半獸人王派霸修過來，如果就是為了處理此事……

視情況發展，這座多邦嘎地坑或許將會染血。

「那個半獸人現在在做什麼？」

「他好像會與普莉梅菈搭檔參加武神具祭……按照半獸人的個性，肯定是想賣人情給普莉梅菈，再藉此對她為所欲為……」

巴拉巴拉多邦嘎聽到這些就放心地捂了捂胸口。

參加武神具祭。

表示對方想在多邦嘎地坑以正當公平的方式揭發那項惡行吧。

巴拉巴拉多邦嘎對此倒也有些想法。

但是，至少那並不會造成屍首在多邦嘎地坑堆積成山的後果。

4.陰謀重重

「……既然如此，就順其自然吧。」

「啥！那算什麼辦法，令人傻眼耶，難道你都不同情我們這可憐的小妹嗎！」

巴拉巴拉多邦嘎又開始練揮劍了。

他何嘗不擔心妹妹。

然而，待在妹妹身旁的是霸修。

半獸人英雄恐怕是奉了半獸人王的密令，才會來到此地。

既然他打算採取平穩的手段，情況就不至於太慘。

從對方願意參加武神具祭的行動來看，就能參透半獸人對矮人應當是抱持善意。

「關於普莉梅菈那邊，我想事情不會多嚴重。基本上，妳對她保護過頭了。」

就算普莉梅菈出了什麼事，巴拉巴拉多邦嘎也知道她從平時就愛說大話，總會誇口一些根本辦不到的技倆。

她是該受一次教訓才對。

在重挫後體認無力，即使如此，仍要站起來努力才行。

她得把自己逼迫到那種處境。

要不然，她應該會永遠保持在現狀。

換句話說，剛才的發言是在期望普莉梅菈成長。

可是，卡露梅菈聽了並不那麼認為。

「啊～～啊～～是嗎！我知道了。我不會再拜託你了！找你商量是我自己太蠢！這表示對你來說，那孩子在家族裡終究是不成材的東西！哪怕她受傷或失蹤也沒人在乎！」

「我沒有那麼說……」

巴拉巴拉多邦嘎回過頭，卡露梅菈已經不見身影。

「受不了她……話說回來，半獸人終於有了行動。」

戰爭結束後過了三年，惡行還在持續。

而且也有人抵抗。

「……」

巴拉巴拉多邦嘎希望自己身為武夫，能像多拉多拉多邦嘎那般。

武夫應有武夫的風範。

但他仿效的對象不只一人，還有一名戰士也是他希望效法的目標。

目前那名戰士身處苛刻的環境，仍拚命在抵抗。

「但願他的努力不會白費……」

巴拉巴拉多邦嘎能做的，只有祈禱那名戰士武運昌隆。

5. 武神具祭　預賽～開賽典禮

武神具祭預賽的舉行方式就像矮人一樣粗枝大葉。

首先參賽者會分配到編號，由聚集在競技場的人隨便湊對比賽。有人獲勝晉級後，再由獲勝者互相比賽。一般稱此為淘汰賽制。

參加者有一天出賽兩次的義務，祭典將進行到只剩最後一人為止。

報名會在前六十四強出爐的那一刻截止。

故視狀況而定，甚至會有參賽者絡繹不決，讓賽事持續好幾個月的情形。

這屆的武神具祭，報名參加的鬥士人數早就超乎往年。

因此，祭典已經持續了好幾天。

◆◆◆

「勝者，５６６號！」

霸修順利在預賽中一路晉級。

經過五天戰鬥，他獲得勝利的場次超過了十場。

儘管每次都沒有苦戰，卻場場險勝。

之所以會這樣，原因出在武神具祭的規則。

武神具祭的敗北條件有二，一是身為參賽者的鬥士喪失戰意或暈厥死亡。

二則是武具發生損壞。

換句話說，身上配戴的武器或鎧甲任何一邊遭到破壞，就會當場判輸。

普莉梅菈製作的武具都很容易損壞。

不，照理講絕非容易損壞才對。

為霸修量身打造的板金鎧甲厚實沉重，鐵塊般的劍也是光看就覺得牢固耐用。

板金鎧甲算是不錯。

從五天前乃至今天的戰鬥，都沒有留下任何一道傷痕。

然而，劍就不一樣了。

可以說才上場搏鬥一兩次就必定會彎曲變形。

霸修目前在預賽都是一招就收拾對手，但如果戰鬥拖長，他敢說自己十分有可能敗北。

「……」

5.武神具祭　預賽～開賽典禮

霸修拿著變得無法收進鞘裡的劍，環顧四周。

在競技場，其他參賽者的戰鬥仍持續進行。

觀眾稀稀疏疏。

住在多邦嘎地坑的矮人大多要不是以鬥士身分出場，就是以鐵匠身分替搭檔製作武具。

比賽若無關於己，他們就不會專程跑一趟競技場。

頂多是來自外界的觀光客，或者已經落敗的鬥士才會以觀眾身分觀賽。

周圍可以看見戰勝的鬥士舉起武器，發出吶喊，正在耀武揚威。

藉著高聲吶喊來向眾人宣揚：「我才是強者。」

在半獸人的社會，這種耀武揚威的舉動也是打架的醍醐味所在。

不過，那僅限於程度相近者打上一架的情況。

單純把頂撞自己的弱者打發掉還特地耀武揚威，反而會顯得很矬。

這是半獸人的常識。

因此，戰勝這種水準的對手無法讓霸修提起興致耀武揚威。

他參加這場大賽，目的不是為了展現自己有多強。

重點是拿冠軍，然後娶到老婆。他不會做沒必要的舉動。

然而，霸修舉起了拿劍的那條手臂。

因為觀眾席上有普莉梅菈在。

那並不是在獻殷勤。

普莉梅菈交代過，戰鬥過後要將劍舉起來，好讓她審視武器的狀態。

目睹彎曲變形的劍，普莉梅菈露出了苦瓜臉。

看來這次的結果一樣無法讓她滿意。

這也怪不得她。畢竟她鑄造的劍這次也完全變形了。

無論如何，霸修已經達成今天要求的戰績，便離開競技場，回到休息室。

「於是我就告訴對方啦！趁你們還沒被揍飛，快把髒手放開吧……話雖如此，對方有五名高大的食人魔，我再怎麼厲害，要揍飛他們還是很費力！兩隻手肯定要骨折的！但是不打又會讓妖精的名聲掃地！當我如此心想的瞬間！有一頭食人魔飛了出去！在場有誰見識過食人魔被揍飛是什麼樣的場面嗎？還是一邊打旋一邊往旁邊飛出去喔。我就看過……！我看見食人魔飛出去，還認清了把他揍飛的是誰。然後，我最尊敬的霸修老大就出現在那裡了！」

「噢～～！」

霸修走進休息室，就發現捷兒一如往常地在吹噓。

「啊！說老大，老大就到！歡迎回來！比賽戰績怎麼樣了？啊，不用說我也曉得。憑老

5.武神具祭　預賽～開賽典禮

大的本事，我猜又是一招就制伏了有勇無謀的對手，悠然地帶著勝利回來吧？哎呀，真是辛苦了！啊，這裡有我準備的飲料，老大請用！要不要順便揉揉肩膀呢？」

「嗯。」

轉眼看去，霸修被叫到編號之前坐過的椅子已經鋪好軟墊，一旁的桌上還準備了酒。

霸修照捷兒所說的就座，並且拿起飲料，咕嚕咕嚕地潤了潤喉嚨。

捷兒隨即貼到霸修的肩頭附近，還使勁推他的肩膀。

那恐怕是捷兒自以為在幫忙揉肩膀吧。

即使捷兒用上全身體重，對霸修堅韌的肉體來說也不痛不癢。

然而，捷兒身上有鱗粉飄落，還灑在霸修的肩膀上，那使他感覺到肩膀僵硬的地方隨之舒展了。

「霸、霸修大人，請聽我說好嗎？」

這時候，先前聽捷兒吹噓的一名鬥士湊了過來。

金屬製鎧甲搭配寬刃的劍。在休息室裡算是裝扮尋常無奇的一名男子。

值得一提的部分大概是他的臉像蜥蜴這一點。

蜥蜴人。

「……怎樣？」

「能見到霸修大人實在太榮幸了！我是拜魯茲河的蓋果族戰士，泰達奈爾！」

「這樣啊。」

霸修無法分辨蜥蜴人的外表，對名字也沒印象。

從體型與身段來看，感覺倒不像身經百戰……

「我們在哪裡見過面嗎？」

總之霸修心想，萬一彼此認識卻不記得就失禮了。反觀泰達奈爾對於他的問題則是一臉欣喜地點了頭。

「是的！當我還小的時候，曾經被霸修大人救過一命，在拜魯茲河戰役。」

「那場戰役啊，我記得很清楚。」

拜魯茲河戰役。

在霸修的記憶中，那也是印象深刻的一戰。

肇端是精靈軍行使計策，孤立了魅魔族的某支中隊。

針對被孤立的中隊，精靈軍與矮人軍聯手展開了緊追不捨的攻勢。

魅魔族中隊當然有意選擇撤退。

可是，有某個理由使她們打起了防衛戰。

她們不得不如此。

那是因為在撤退的途中，她們不巧行經了一個部落。

蜥蜴人的部落。

搭建於河邊的小小部落裡，留著眾多非戰鬥人員。

魅魔族中隊無法對部落的非戰鬥人員見死不救，因而停留在那裡。

當霸修接到求援而趕至部落時，魅魔族中隊已經近乎潰滅，蜥蜴人的部落裡處處有黑煙升起。

魅魔族的頑強軍人大半都倒在血泊中，蜥蜴人的非戰鬥人員則有幾成遭囚，而且脖子被上了枷鎖，即將被敵軍帶走。

霸修剛抵達便衝破敵軍，援助魅魔族中隊，並且救出了俘虜。

當時遭囚的俘虜當中，確實有幾個年紀尚小的蜥蜴人。

泰達奈爾就是其中之一吧。

「是的。假如那時候沒有霸修大人到場營救，此刻的我或許已經是矮人的奴隸，還被迫在這座競技場跟人搏鬥了……不，要是那樣，我可能早就沒命了……」

「是嗎？」

那一戰也相當鮮明地留在霸修的記憶，深刻入骨。

尤其是魅魔族戰士們裸露的肌膚與豐滿乳房。

「話說回來，原本聽聞有氣勢不凡的半獸人參加祭典，我心想肯定是位知名人物，就找了隨侍的妖精打聽，沒想到居然會是名揚千里的『半獸人英雄』霸修大人！有緣與救命恩人再次相見，我感到很榮幸！」

這時候，休息室裡傳來了「換４０９號上場！」的呼喚聲。

泰達奈爾向那道聲音答道：「啊，是我。」然後便走向競技場……又忽然停下腳步，朝霸修回過頭。

「請、請問，能不能讓我跟您握個手？」

「我不介意。」

「哇啊，好大的手，而且多麼有力氣……霸修大人，我會精進實力，讓自己成為像你一樣的戰士！」

泰達奈爾說完就精神奕奕地趕往競技場。

「照我看，他是個磨練中的年輕武者吧。居然會以老大為目標，這個年輕人實在是讓人佩服。」

在霸修旁邊的捷兒滿意似的點頭稱是。

「所以呢，接下來要怎麼辦？老大已經完成一日兩戰的義務了，要再戰一場嗎？」

「不，武器都這樣了，今天就撤了吧……」

5.武神具祭　預賽～開賽典禮

當霸修話才說到一半的時候。
一群滿身肌肉的男子就圍到了他身邊。
每個傢伙都緊緊閉著嘴，眼裡蘊藏勁道。
智人、獸人、矮人……這群男子全是身上看得見傷痕的凶神惡煞。
「找我有什麼事？」
霸修會直覺認為他們想打架是有理由的。
自從到了多邦嘎地坑後，來糾纏的人特別多。
只要霸修上酒館，可以說一定會有凶臉的矮人們衝著他來，還會叫罵「趕快收手」或者「你看見女的就統統都想要嗎」之類的話，而且罵完就逃走。
連架都不打，罵人以後立刻溜。這是戰士所不齒的。
即使霸修再有度量，也積了一些鳥氣。
話雖如此，這裡是競技場的休息室……鬥士禁止在此私鬥。
看來還是得到外頭解決……
「那個……請你也跟我們握個手！」
「你在雷米厄姆高地決戰曾經打倒龍的傳聞是真的嗎？請告訴我們！」
「一次就好，你能不能拿拿看老夫鑄的劍？還有，希望可以聽到你的感想……」

男子們忸忸怩怩地說出這樣的話。

「好好好。請大家到那邊排隊！我們老大可不是閒人！」

捷兒馬上這麼說道，於是平時好像會回答「老子寧可把所有排隊的人打扁搶第一」的男人們就急忙開始整隊。

據說他們排出了十分整齊的二路縱隊。

◆◆◆

另一方面，普莉梅菈當時正在競技場入口等霸修。

她靠在入口附近的柱子，交抱雙臂，一邊不耐煩地抖腿一邊聽著人們從競技場離去時的交談聲。

「那個566號的半獸人……你覺得怎樣？」

「太扯了。」

「我們的編號離他還遠……可是在開賽後對上他的話怎麼辦？」

「我想棄權……絕對打不過啦……」

「要認真思考。假如你能趁這個機會戰勝他，就可以在歷史上留名耶……！」

5.武神具祭　預賽～開賽典禮

「……那麼，果然得針對武具下手吧。那個叫霸修的傢伙，壯得簡直跟十名食人魔互毆都能輕鬆打贏，但他使用的武具看起來屬於尋常貨色，而且武器每次都扭曲變形。只要針對這一點下手，或許我也有機會……」

「噢，就讓他認清武神具祭並不是單純廝殺吧。」

武具屬於尋常貨色。

這樣的一句話，讓普莉梅菈心中累積了更多的不耐煩。

這幾天，普莉梅菈似乎也明白霸修並不是普通的半獸人了。

預賽到今天為止的十場戰鬥，連苦戰都沒有遇過。

對戰選手之中好像也有幾人認得霸修，就抱持了必死的覺悟。

何止如此，甚至有人在開戰前失禁哭出來。

有被視為冠軍人選的選手過來偵察，霸修每次比賽的觀眾更是屢屢增加。

雖然今天的觀眾仍是零零星星，不過武神具祭尚未正式開賽，會有人進場觀摩本來就是鮮事。

「聽到傳聞時我還心想怎麼可能，看來那是本尊耶。」

「夠扯的。他獲勝時還帶著一副理所當然的臉從競技場離去！」

「看了都發麻啦！」

回去的觀眾口口聲聲稱讚霸修。隨後……

「可是，他用的武器不行。」

「對啊，今天還是彎掉了。」

「像那樣的話，只能撐到正式開賽吧。」

「我實在不忍說，但他那樣無法贏到最後……」

都是在批評普莉梅菈的武具。

（假如那傢伙將我的武器使得更靈巧，才不會像這樣……）

普莉梅菈氣得咬牙。

看來霸修是個名氣響亮的戰士。他似乎是在戰場立下眾多功動的強者。

可是倘若如此，普莉梅菈希望他將武器使得更靈巧。

用那種揮舞棍棒似的手法，武器會壞掉是不證自明的道理。

所謂的劍是要順著劍勢，以刃部垂直砍向對手。

如果不這樣用劍，而是靠蠻力硬揮到底，當然會將劍刃砍出缺口，甚或扭曲變形。

這點道理連身為鐵匠的普莉梅菈都明白。

順著劍勢揮砍。連這種單純的動作都做不到，算什麼名氣響亮的戰士。

「讓妳久等了。」

5.武神具祭　預賽～開賽典禮

如此的聲音讓普莉梅菈回神，抬起了臉。
在她眼前，霸修的模樣依舊沒變，還是一副彷彿什麼都沒在思考的呆臉。
而霸修手上有那柄已經彎到完全變形的劍。
普莉梅菈從觀眾席就有看見，劍果然彎掉了。
「拿來！」
普莉梅菈把劍搶到手裡，仔細端詳彎掉的部分。
於是她又氣得咬牙。
那柄劍的劍身彎得像彎刀一樣。
又來了。
又是這種彎法，並非橫向，而是呈縱向彎曲。並沒有折斷，而是彎曲。究竟要怎麼用劍，才會呈現這種彎法？
搞不懂。普莉梅菈搞不懂其中道理。
起初她下了許多工夫想避免劍身彎成這樣，卻還是會彎。要怎麼做才不會彎掉呢？她搞不懂。
所以她怒罵對方。
「看你使的爛劍術！又來了！到底要講幾次，你才能學會順著劍勢砍！」

「但我自認都有那麼做。」

「哼！你就是沒有辦到啊！」

這句話讓霸修露出了過意不去的臉色。

普莉梅菈看他那樣，才稍微消了氣。

原本普莉梅菈認為戰士挑誰都好，即使找來的戰士不強，靠自己的武器還是能贏給所有人看。這是她的想法。

所以責備戰士的本領不足有違其原則。

只是找來的戰士比想像中還要欠缺本領，才讓她焦躁不已。

「我們回去！開賽的日子就快到了，我卻還要幫你重鑄武器。」

普莉梅菈氣得聳起肩走路。

霸修則戰戰兢兢地跟著她走。

在霸修的耳邊，妖精正低聲跟他說些什麼。

聲音太小聽不見，但普莉梅菈認為反正肯定是在說她壞話。

「嘖！」

毫未掩飾焦躁的她發出了咂嘴聲。

5.武神具祭　預賽～開賽典禮

◆　◆　◆

三天之後，競技場舉行了武神具祭的開賽典禮。

典禮籠罩著一股異樣的氣氛。

觀眾席的情緒已達最高點。坐滿的觀眾席冒出熱氣，讓整座多邦嘎地坑像火山般火熱。

相對地，列隊於競技場內的鬥士一片悄然。

換成以往，鬥士們為了提振自身的氣力，都會一邊聽主辦祭典的矮人族高官致詞，一邊向觀眾舉起武器，發出吶喊。

即使有人沒那麼做，也藏不住戰意高漲所造成的顫抖，更會在內心高喊：「我才是最強的！」

我將在所有戰鬥中獲勝，成為唯一贏家。

留到決賽的鬥士就會懷著這股念頭，眼光剽悍地掃視全場。

可是，今年不同。

有半數以上的鬥士在緊張。宛如畏懼的羔羊，靜悄悄的。

有幾個人怕得臉色發青，身體頻頻發抖，甚至有人絕望得想哭。

沒那種反應的人也大多站直不動。

他們挺起胸膛，嘴角上揚。

彷彿當下能站在這裡便值得驕傲。

彷彿令他們驕傲的並非能通過預賽出場，而是能與他一同站在此地。

甚至有人感慨得想哭。

他們內心關注的只有一處。

隊伍後方……站在最後頭的一名男子。

毫不吝惜地展現出滿是肌肉的綠色身軀的一名半獸人。

武神具祭是戰士的祭典。

雖然有許多種族參賽，凡是能留到決賽的皆為老練強者。

而老練的強者，無人不認識他。

假如有誰不認識他，應該就是戰後三年才急遽展露頭角的新秀，或者碰巧在戰爭中沒到過半獸人戰場的幸運兒。

不，哪怕是後者，起碼也會聽過名字與外號才對。

「狂戰士」、「破壞者」、「無活口」、「瘋牛」、「鐵臂」、「綠色的災厄」、「龍斷頭」、「席瓦納西森林的惡夢」。

5.武神具祭　預賽～開賽典禮

這些外號當中，至少會聽過一個。

就算分辨不出半獸人的外表，也會得知其存在。

得知「半獸人英雄」霸修的存在……

開賽典禮在如此肅穆的氣氛中進行，不久便結束了。

鬥士當中沒有任何一個人發出半點吶喊，就這麼回去休息室。

由於氣氛與往年不同，會場一片騷動。

「今年亂安靜的耶。有改規定嗎？」

「你不知道嗎？排在隊伍後面的那個半獸人，聽別人說，他是戰爭中曾經獨力打倒十萬敵兵留下事蹟的強者……」

「別蠢了，誰辦得到那種事啊。」

「喂，我聽過的傳言不一樣。據說那傢伙……」

種種風聞傳得煞有介事。

不認識霸修的人被風聞所擺弄，認識的人則懷有疑問。

那傢伙怎麼會來這裡？

「果然……是因為那件事吧。」

「哎，想想也對。半獸人不可能默許。」

「沒想到居然會派英雄過來……那些豪商做得太過火了。」

「今年的大賽似乎會發生慘劇……」

有幾個人已經推敲到了。

然而，也不可能為此做些什麼。

他們只能帶著心裡有數的臉色相互點頭，並且神色緊張地等候第一回合開始。

當然，無人明白當中的真相。

6. 武神具祭　開賽第一天

開賽前一刻，休息室。

在那裡，普莉梅菈正帶著焦躁的臉色與霸修面對面。

「聽好了，開賽後給你使用的武器，我自認比平時花費了更多精神來製作。可是，照你的臂力大概撐不了多久。我不會再提劍勢之類的字眼，麻煩你自己想些辦法，好讓武器撐過去。」

「我知道了。」

開賽後，鬥士與鐵匠各有專用的休息室。

在休息室有火爐與鐵砧，可以進行簡易的打鐵作業。大賽中允許鐵匠用這些設備修理受到損傷的武具。

不過，可供修理的時間並沒有多久。

僅限鬥士比賽結束後到下一場比賽開始前的空檔。

第一回合有三十二場賽事要進行，過程雖長，賽事的數目將隨著回合數遞減，因此可用於修理的時間也會變少。

要分解維修或鑄造新零件，時間自然是不夠的。

當然，並不是一天之內就會進行所有賽事。

第一天先進行三場賽事決定前八強，第二天的三場賽事即可決定冠軍。

區區三場比賽。話雖如此，這是由老練的戰士認真互搏的比賽，對武具將會造成相當的負擔。

靠簡單的修理讓武具撐過賽事。

可以說鐵匠在開賽後要奮鬥的正是這一點。

「總之，不先撐過今天的三回合，想拿冠軍就是痴人說夢……」

普莉梅菈沒有自信。

她自認已經使出渾身解數打出了一柄劍。

那是普莉梅菈用開賽前幾天費心鍛造而成的。準備給霸修帶上場的成品，她自負遠比預賽時牢靠。

可是，參加大賽前那種沒根據的自信如今卻湧現不出了。

既然劍彎掉好幾次，又找不出原因，她會這樣也是當然的。

「我會想辦法。」

6.武神具祭　開賽第一天

霸修拿起劍，輕輕揮了兩三下以後便這麼告訴她。

一旁則有捷兒擺出匠人的臉孔點頭，彷彿在說這把劍是本大師的心血。

於是，普莉梅菈把目光轉向捷兒。

「捷兒，你要在那裡待到什麼時候？」

「咦！怎麼突然這麼說？我不能留在這裡嗎！」

「對啊，你不能留在這裡。」

「為什麼！難道我不算夥伴嗎？沒有這樣的吧！我們三個明明是一起打拚過來的！咦？妳想說我什麼都沒有幫？我有喔！舉例來講……哎呀？妳那隻手有沒有覺得哪裡不對勁？沒錯，妳昨晚不是努力過頭而燙傷了嗎？連肌腱都腫了，握鐵鎚的手也覺得使不上力。怪了怪了，可是今天妳的玉手都好了喔，摸起來滑滑嫩嫩耶，力氣也完全恢復原樣！為什麼呢？這是為什麼呢？啊，對喔！因為有我幫妳治療嘛！看吧，我有幫上忙！」

「嗯，沒有錯，那我要謝謝你。我很感激喔。不過根據比賽規定，這間休息室除了鬥士與鐵匠以外是禁止踏入的。」

「啊，原來是這樣喔。」

對，這間休息室除了鬥士與鐵匠以外，是禁止踏入的。

縱使捷兒主張自己是飛進來的，規定只禁止踏入而沒有禁止飛入，不被允許的事情就是不被允許。

何況他是灑落有療效的鱗粉的妖精。

被發現的話，霸修與普莉梅菈應該會直接被判出局。

「唔～～……我知道了啦。那我要在觀眾席觀摩老大的英姿。老大，加油喔！」

「嗯。」

捷兒飄呀飄地飛離休息室。

留下來的只有霸修與普莉梅菈。

霸修的目光當然盯著普莉梅菈。

普莉梅菈預備好要打鐵，衣著輕便。

豪乳深溝若隱若現，讓霸修的處男心著火。

「你、你是怎樣啦？目不轉睛地看著我……」

「放心，我用看的而已。畢竟與他族間的非合意性行為，已經以半獸人王之名嚴令禁止了。」

「唔唔……哎，讓你看是可以啦……可、可是，我長得不太可愛吧？」

「沒那種事。」

「是、是喔……你、你的品味滿糟的耶。」

6.武神具祭　開賽第一天

普莉梅菈不覺得反感。

回想起來，從她出生以後十幾年。

由於身為智人混血種，她活到現在始終與矮人的美感脫節。

普莉梅菈從未跟男性勾搭過，來向她求愛的更是以霸修為第一人。

「總、總之，我剛剛也強調過了，要先通過第一回合。方才我去看了賽程表，我們第一回合的對手是個強者，食人魔寇爾寇爾，你聽過吧？」

「當然聽過。我還曾經跟他並肩作戰。」

「那麼，你應該也知道對方有多強。」

「他是個可靠的戰士。」

「我們得先突破這一關才行……」

「嗯。」

霸修點頭。

而他的表情，普莉梅菈仍舊分辨不出。看起來像是一如往常，也像是無比緊張。

「果然對你來說太困難了嗎？」

「不，沒問題。我有心拿下冠軍。」

普莉梅菈睜大了眼睛，回望霸修。

霸修依然看著普莉梅菈。

耿直的眼神。看得出是對自己能奪冠深信不已的眼神。

明明他先前拿的都是揮個一兩次就會彎掉變形的劍……

「……拿冠軍，是嗎？」

普莉梅菈認為奪冠有困難。

的確，她一開始也是以冠軍為目標。

但現在覺得實際上有難處。

理由在於霸修。

總之都要怪這個渾身蠻力的戰士。假如他是個像樣點的戰士，揮劍懂得靠技巧而非蠻力，想奪得冠軍似乎可以指望……

哎，這次大概有困難吧。

要怪就怪自己挑了個彆腳的戰士。

奪冠固然困難，不過普莉梅菈有她想戰勝的對手。

「反正，你先撐過今天！第一天的第三回合，起碼要贏到那一場！懂嗎？」

「當然懂。」

第一天的第三回合。

6.武神具祭　開賽第一天

霸修在那場賽事會遇上的對手是名為柯洛的獸人族戰士。對方素行不良，風評也從來沒好過，身為戰士的本領卻貨真價實。

那都無所謂。

問題是替他鍛造武具的人物。

那個人正是普莉梅菈無論如何都想贏的對手。

一直把自己看扁的對手。

就算霸修是個窩囊的戰士，唯獨這傢伙一定要贏。非贏不可。

這樣的念頭深深留在普莉梅菈心裡。

「霸修大人！你的比賽就快開始了！」

這時候，有賽務人員過來提醒。

「好，那你去吧！」

普莉梅菈「啪」地拍了霸修裸露在外的肩膀。

以女性而言，那隻手絕不算柔軟，然而霸修享受了對自己來說已經夠軟的手掌觸感長達幾秒後──

「……噢！」

他幹勁十足地回話，隨即離開了休息室。

◆
◆
◆

第一回合　霸修對寇爾寇爾

站在競技場的是兩名男子。

其中一名是有著紅褐色皮膚的男子。

身高四公尺以上，特徵在於肩胛與下顎異常發達的種族。

食人魔。

他手裡拿著與體格相符的寬刃大劍，包覆身體的則是金屬鎧甲。

食人魔寇爾寇爾。

在戰爭中擁有「鐵巨人」這個外號，威震四種族同盟的男人，凡身為矮人，應該沒有人不認識他。

寇爾寇爾之所以會參加這次大賽，是他在戰時認識的朋友居中牽線。

他的朋友是在戰時被抓去當俘虜的矮人。

他們倆於俘虜時期因小事而意氣相投，戰後仍密切往來，每年都以鬥士與鐵匠的身分參

6.武神具祭　開賽第一天

加這場大賽。

前年大賽第十六名，去年則是第八名，儘管戰績不彰，那是他的矮人朋友未能替他量身打造武器所致。

以實力來講，在大賽中仍屬前列，議論冠軍人選時也會出現其名的戰士。

其對手的身高則是兩公尺出頭。

有著綠色肌膚，樣貌無奇的半獸人戰士。

然而，與缺乏特色的外表恰好相反，他同樣是個知名的男人。

「半獸人英雄」霸修。

半獸人之中最強的男人。

即使有人認不出他，也無人不知其名號。擁有萬般災厄外號的男人。

「喂喂喂，第一回合的組合就這麼有意思啊。」

「寇爾寇爾的臂力在大賽中是數一數二。對方就算是半獸人，要從正面跟寇爾寇爾硬拚也沒有勝算。」

「我想關鍵是霸修要怎麼鑽到寇爾寇爾跟前……」

從第一回合就能看到精彩的組合，觀眾大感興奮。

然而，一部分的觀眾卻在發抖。

「……口氣可真是樂觀。」

「令人羨慕。居然不知道那傢伙有多扯……」

「是啊，接著要上演的才不叫比賽，而是單方面的處刑。」

他們帶著沉痛的臉色凝望身經百戰的食人魔。

寇爾寇爾接下來會被慘剁成肉片。他們都知道這一點。

因為在戰爭中，他們的戰友被霸修像那樣親手收拾過好幾次。

鎧甲根本無關緊要。

不管身上披的鎧甲出於何等名匠，那名半獸人都能一劍令其化為殘骸。

「破壞者」的目標不只城鎮，他能破壞一切。

只希望寇爾寇爾至少要活著回來。

認識霸修的觀眾都懷著如此真切的心願。

「霸修。」

「寇爾寇爾啊，好久不見。」

不曉得寇爾寇爾是否知道觀眾懷有的憂懼，他帶著略顯和氣的臉朝霸修搭話。

霸修同樣稍微放鬆了表情。

他倆也都認得彼此。

6.武神具祭　開賽第一天

「上次見面，是在雷米厄姆高地的決戰吧。你，無恙嗎，霸修？」

「是啊。」

「虧你，能獲得半獸人王許可，離開祖國。」

「畢竟他是位明理有度量，而且心懷慈悲的王。」

「呵。」

寇爾寇爾嗤之以鼻。

找遍全世界，大概也只有霸修敢用「心懷慈悲」一詞來形容堪稱憤怒及殺戮化身的半獸人王涅墨西斯吧。

「那麼——」

經過短暫交談以後，寇爾寇爾舉起劍。

他用劍尖指向天，劍的陰影就蓋住了霸修。

至於他的臉，既凶猛又扭曲，嘴角收斂，牙關緊閉。

勇敢的食人魔臉孔。

自知絕對贏不了對手，也明白自己一旦挑戰對方就會沒命的男人臉孔。

「來，戰吧。」

「嗯。」

霸修舉劍後，空氣頓時降溫。

他只是擺了架勢。

著實是為了方便揮劍而擺出的單純站姿。然而，別說寇爾寇爾，就連觀眾裡也沒有任何一個人能從中看出破綻。

任誰都可以理解，勝負將會決定於一瞬。

喝酒作樂的矮人忘了將兩手拿的酒舉到嘴邊。

原本被母親抱在懷裡哭鬧的嬰兒閉了嘴屏息。

從霸修的架勢流露出絕對的強大，足以讓眾人如此。

反觀寇爾寇爾，則顯得悲壯。

「喝！」

寇爾寇爾行動了。

舉起的劍被揮下，毫無出奇之處的一擊。儘管用意在於牽制，只要命中對手就能使其湮滅，力道龐大過人。

巨響。沙塵漫舞，土塊飛散。

霸修的視野遭到遮蔽。

當每個觀眾都這麼心想的瞬間，沙塵中有物體飛了出來。

6.武神具祭　開賽第一天

觀眾們以為那是寇爾寇爾的肉片。

尤其是在戰場待得越久的戰士越會這麼認為。

因為過去挑戰過霸修的眾多士兵全都落得了那樣的下場。

一度與霸修對峙過的人，其記憶都深留腦裡，所以歷歷在目……

然而，他們錯了。

那既非肉片，亦非血花。

咻——「某種物體」發出聲響輕盈飛過，然後再度隨著巨響落在競技場的地面上，捲起塵埃。

於是，「某種物體」現出它的真面目。

那是鐵塊。

它的形狀對矮人來說，不，對現場所有人來說都很眼熟，大家稱其為「劍尖」。

猛一看，寇爾寇爾揮下的劍已經失去了半截。

裁判高喊：

「勝者，霸修！」

事情發生在剎那之間。

從結論來說，可以料想到是霸修打斷了寇爾寇爾的劍。

或者那看起來也像是寇爾寇爾以劍重叩地面，導致劍身折毀。然而實力足以留到決賽的鬥士，其佩劍不可能叩地即斷。

沒有歡呼。

每個人都不太能理解究竟發生了什麼。

難道說，「破壞者」霸修也會在出招時留手……眾人感到疑惑。

霸修收劍回鞘後，隨即朝休息室走去。

寇爾寇爾茫然望著其背影。

觀眾們則在憂慮他會不會又大鬧賽場。

去年那場大賽，寇爾寇爾被對手毀掉武器後仍未認輸，還一直鬧個不停。

或許今年也會演變成那樣——觀眾們心想。

然而，不久他就死心似的閉上眼，屈膝跪下，並且以雙拳觸地。

那是食人魔族於敗北之際會用的行禮方式。

據說對食人魔來說是種屈辱，可是在絕對強者面前就該付出這等禮數……

無人明白發生了什麼。

不過，可以知道的是寇爾寇爾認輸了。

那個在去年鬧到渾身是血，讓現場動員好幾名戰士才予以制伏，卻還嘶聲高喊自己沒有輸的寇爾寇爾只接了一招，甚至連自己的身軀都沒受傷，就這樣喪失戰意了。

如此的事實逐步滲透到觀眾之間……最後便出現震耳欲聾的歡呼。

◆　◆　◆

第二回合　霸修對凱敦

霸修站上競技場時，對手還沒有到。

手裡持劍的霸修決定堂而皇之地等對方。

然而再怎麼枯等，對手依舊沒有來。噓聲從觀眾席掀起，進而籠罩競技場。

不久，有個矮人在競技場現身。

那是第一回合時來通知霸修出場的矮人。

原來對手是他嗎？如此心想的霸修舉劍備戰，矮人手上卻沒有拿劍。

矮人拔出插在腰際的紅旗，朝全場觀眾揮了揮。

噓聲隨之劇增……

「勝者，霸修！」

賽方宣布霸修勝利。

凱敦棄權。

◆　◆　◆

第三回合　霸修對柯洛

就這樣，霸修挺進了第三回合。

當霸修在競技場亮相後，比賽對手仍未現身。

霸修閉上眼，回想普莉梅菈在休息室跟他的對話。

普莉梅菈對第二回合不戰而勝感到慶幸，然後自我提醒似的打氣說道：「下一場，下一場才是重頭戲……」

她只穿一件皮上衣的模樣節節提升了霸修的幹勁。

普莉梅菈高興歸高興，霸修本身卻很遺憾第二回合的對手棄權了。

畢竟第一回合結束以後，普莉梅菈用火爐修理過霸修的武器，當時她打鐵的模樣可是非常香豔刺激。

6.武神具祭　開賽第一天

每次揮動鐵鎚都乳浪洶湧，每次擦汗都會露出腋下。只要腋下露出來，還可以從旁觀察平時不容易看見的乳房邊緣。

霸修拚了命克制住想上她的衝動。

「鬥士柯洛！由虎門進場！」

這時候，有一名男子從霸修面前走進了競技場。

生有黑色毛皮，長著獸類五官的男子。

年紀尚輕。

恐怕比霸修還年輕幾歲。

柯洛。其名號連霸修也聽過，是年紀輕輕就擔任過獸人軍特攻隊長的男子。

提到獸人軍特攻隊長，便是以深深切入敵陣，再從內部與主隊展開夾擊的戰術聞名。

運用那自殺般的戰術仍能活命迎接終戰的男人，實力有口皆碑。

非但如此，他還在戰爭中領到了狼牙大光章。

於沙場上最為英勇善戰，又數度將眾人導向勝利者才會獲頒的勳章。

（嗯。）

接著要談的，就是霸修不知道的事蹟了。

領有這塊勳章的特攻隊長。

戰果豐碩如他，若生在半獸人國，保證能享受衣食無憂的自在生活。

那他為什麼會在這種地方？

癥結在於其素行之惡劣。

戰後，柯洛挑起了好幾場暴力事件，結果使他在獸人國失去了容身處。形同遭到驅離的他離開祖國，在諸國間漂泊到最後就流落到了這座多邦嘎地坑。

當然，他的素行之惡劣在多邦嘎地坑依舊沒變。

只不過多邦嘎地坑唯獨一點跟其他地方不同。

沒錯，那就是多邦嘎地坑這裡有競技場。

深信強才是無上真理的這個男人，總算在戰後的和平世界找到了自己的容身處。

然而，柯洛在去年的武神具祭嘗到了心酸。

他去年的賽績是在第二回合淘汰。

以初次參加來說仍屬善戰，他卻因而燃起了鬥志。

柯洛磨練身手，就算不願低頭也還是低了頭。

可是由於素行惡劣，使他一直無法得到在武神具祭最重要的東西。

對，正是武具。

而這樣的他身邊出現了一名矮人。

6.武神具祭　開賽第一天

這名矮人口氣豪爽地斥責了柯洛的惡劣素行。

『你別吠得像一條膽怯的狗，做人就該光明正大點。』

柯洛惱火地動手揍飛那名鐵匠將其趕走，然而矮人到底有著矮人的脾氣，隔天又一臉若無其事地出現，照樣要來斥責柯洛的惡劣素行。

『一次就好，照我說的去做。』

矮人這麼勸了好幾次，柯洛始終不肯將對方的話聽進去。然而某一天，他臨時興起聽從了矮人的勸告。

當時是在競技場，柯洛剛打倒對手。

平時柯洛總要將人踹飛，然後辱罵髒話，還會朝對方吐口水，這次他卻試著將對方扶了起來。

那一戰曾困鬥許久，柯洛本身也累了，沒有氣力給對手致命一擊，所以他認為自己那麼做肯定是出於一念之差。

下個瞬間，柯洛就受到了祝福。

來自競技場所有觀眾的讚賞之聲。

從戰時至今，他從未聽過的讚賞之聲。

那天之後，柯洛有了些許變化。

惡劣的素行本身改得不多。

態度傲慢，愛朝路邊吐口水，比賽前還是會用髒話辱罵對手。

但是，至少他不去踐踏敗者的尊嚴了。

斥責他的矮人得知這一點便感到欣慰。

你有心還是做得到嘛——矮人這麼誇獎柯洛。

柯洛喜上心頭，就試著拜託那名矮人為他製作武神具祭要用的武具。

儘管矮人有些吃驚，還是立刻爽快答應了。

後來隔了幾個月，矮人反覆從錯誤中學習，幫柯洛打造了符合其體格的武具。

有鐵匠當後援，也有武具。

柯洛在萬全陣勢下迎接了今年的大賽。

為他提供助力的那名矮人鐵匠——

名叫卡露梅菈多邦嘎。

「……」

觀眾都認為柯洛在霸修面前肯定會用髒話辱罵。

至今柯洛一直是這麼做的。戰鬥前，他必要嘲諷詆毀對手。

所以觀眾們認為他這次也會像那樣嘲弄對手，然後活該慘敗。

6.武神具祭　開賽第一天

但他們錯了。

柯洛在比賽開始前捲起尾巴，向霸修行了禮。

從未有過這種事。

縱使柯洛會在比賽前嚇唬對手，也沒有對人行禮的前例。

獸人族的戰士對人行禮……

只有向明顯強過自己的戰士討教時，他們才會那麼做。

柯洛承認了。他承認霸修是強過自己的對手。

之後他擺出的亦非平時那種輕視對手的架勢。

放低腰桿，側身迎敵，將劍在好似要用嘴叼住的位置橫拿著。這是獸人軍劍術的正式架勢。

其架勢爐火純青。

「能與你……與您交手，我很榮幸。」

柯洛本身也沒想到自己竟會對人如此敬重。

就算對上勇者雷托，柯洛仍認為自己比較強，也敢當場放話證明實力。

可是，他自然而然就對霸修行了禮，還道出這樣的話語。

理由連柯洛都不曉得。

不過，這是武神具祭的第三回合。

去年未能抵達的場所，憑一己之力無法來到的場所。

對手是半獸人英雄霸修，久待戰場者無人不曉的老練戰士。

所以柯洛才覺得該這麼做。

他對於自己為何用這樣的態度，根本沒有疑問。

「嗯。」

霸修也點頭致意，並且舉劍備戰。

比賽靜靜地開始了。

柯洛無聲無息地衝向前，繞到霸修右側。

煞停與急速回身。從霸修的右方疾步穿梭至左方，揮劍而下。

劍光一閃。

霸修已在不知不覺中振臂揮過，柯洛像小狗一樣被彈飛出去。

以高度而言有數公尺。他的身體輕易越過競技場圍牆，砸到了觀眾席上。

所幸觀眾並未受到波及。

但是從柯洛的立場來看，缺乏緩衝材料可謂大不幸。

柯洛沒有再站起來。

6.武神具祭　開賽第一天

「勝者，霸修！」

比賽立刻結束了。

以霸修獲勝作結。

如同一部分觀眾的預料，柯洛吞下了慘敗。

然而，沒有人嘲笑這樣的他。何止如此，還為他送上了零星掌聲。

霸修晉級決賽就這麼成了定局。

7. 火候不足者與奴隸

突破武神具祭第三回合。

那是非常光榮的一項壯舉。

可以說鬥士與鐵匠各別證明了自己的實力與打鐵技術。

至少在多邦嘎地坑可以自豪好幾年。

「……」

但是，普莉梅菈的心情難以稱作開朗。

她的目的確實是達成了。

在第三回合，有鬥士穿戴她自己鑄造的武具，打倒了穿戴姊姊武具的鬥士。

怎麼樣？看到了吧？我的本事更高。

休想再說我是三腳貓。

普莉梅菈原以為自己會有如此的心境。

（……）

7.火候不足者與奴隸

一天的戰鬥結束，普莉梅菈回到自己的工坊以後就一直愁顏不展。

她手上有霸修比賽中用的劍。

克服了三場比賽的劍。

彷彿理所當然地……其劍身既直又長，劍鋒散發微光。

並沒有像之前那樣彎曲變形。非但如此，連劍刃都沒有缺損。

因為自己的技術已經進步，因為這是精心鑄造的一柄劍，所以才沒有彎掉？

不是的。

普莉梅菈望向擺在工作檯上的手甲。

那裡有一副扭曲破爛的手甲。

用來保護手腕與拳頭的手甲。

當然，配合霸修的需求，那被製作得厚實堅固，在預賽時就算有金屬零件鬆動，也未曾留下傷痕。

可是如今組成手甲的鐵片被打癟了，而且有破損。

宛如被物體高速碰撞過的損壞方式。

（他是用手甲揍對方的。）

霸修沒有用劍。

證據在於第一回合結束後，普莉梅菈修理的也不是劍，而是手甲。

霸修靠手甲打斷了寇爾寇爾的大劍，取得勝利。

（雖然我有叫他想辦法保住武器……）

用護甲痛毆對手。

以規則而言無比接近灰色地帶。

現今的大賽只准用劍當武器，旨在透過統一武器外型以保強度的公平性。

當然比賽中用其他武器是違反規定的，把鎧甲當武器使用將構成犯規。

話雖如此，一旦雙方激烈較勁，也會發生無法只用劍攻擊的狀況。

情急之下使出肘擊、膝撞或頭槌的選手比比皆是。

矮人辦的武鬥比賽並沒有細膩到會把那些全算成犯規。

換句話說，用鎧甲痛毆對手的行為不至於出問題。

當然，如果鎧甲明顯設計成武器的外型，就會被判出局……

但普莉梅菈鑄造的鎧甲屬於標準款，不需要擔那種心。

話雖如此，鎧甲仍是鎧甲。

這樣的用途並不在設想之內。要修是可以修，但無法完整修復。

應該遲早會迎來極限而毀壞。

7.火候不足者與奴隸

劍不被使用，鎧甲則被用在設想外的用途。

身為鐵匠，沒有比這更屈辱的事。

普莉梅菈沒有傻到能為此驕傲。

「總之，得幫他修好鎧甲……」

普莉梅菈這麼說著，瞧了瞧收納金屬鑄塊的盒子，並且露出為難之色。

盒子裡裝的金屬鑄塊屬於常見的普通鐵。

普莉梅菈從礦石提煉的貨色好歸好，量卻略嫌短缺。

正常來想，她帶的量是足以撐到比賽結束……

「假如鎧甲每次都被搞壞，這點存量就不夠了……」

話說到這裡，她語塞了。

回想起來，之前霸修固然會把劍弄壞，卻從來沒讓鎧甲毀損過。

他總是只把武器弄壞，還能從容不迫地取勝。

「……」

對於這一點，普莉梅菈感到胸口隱隱作痛。

可是，她還沒有將想法化為言語，腿就先動了。

普莉梅菈朝著在隔壁房間不知道跟妖精在討論些什麼的霸修喊了一聲：

「聽著！因為你連防具都開始弄壞了，材料不夠用，我要去採購補充，跟過來！」

「嗯，我知道了。」

連戰三場的霸修彷彿毫不疲倦……呃，實際上應該也沒累到他，因此他只管迅速起身就跟到普莉梅菈後頭。

於是，他們又來到礦石市場。

對普莉梅菈來說，這裡是從懂事以後就走訪過好幾次，讓她學會挑礦石的地方。

如今哪間店擺著什麼樣的礦石，又屬何種品質，價格是否公道……關於這些細節她全都了然於心。

挑好貨更不用多花時間。

普莉梅菈立刻就能認出最頂級的礦石，還覺得就算不是上乘貨色，自己憑技術便能製作出一流武具。她更深信自己就是有這種本領。

所以普莉梅菈總是三兩下便買完需要的東西回去。

當中沒有絲毫猶豫。

「唔……」

這樣的她現在卻在苦惱。

7.火候不足者與奴隸

面對堆積如山的礦石，普莉梅菈一個一個拿到手裡，再面有難色地放回架上。

原以為她凝視著鐵灰色的礦石堆，隨即又走到紅褐色的礦石堆前。這時候的她仍舊面有難色，還咬住嘴脣搖起頭。

「哎喲，妳買顆礦石是要拖多久嘛！」

有隻妖精就對這樣的普莉梅菈按捺不住了。

儘管這隻妖精從未按捺住情緒。

「……下一場是決賽，她再怎麼苦思也不夠吧。」

「唉～～這樣好嗎？老大，苦思是很重要，到這種時候還在苦思可就不行嘍。要我說嘛，買東西等於上戰場！上戰場要事先想好自己該做什麼！換句話說，買東西也該在出門前先決定好買什麼。到了賣場，當然還是會出現三心二意的狀況，但只要斷然先把原定的目標買下來，再考慮剩餘的錢要怎麼用就好啦！你說對吧，老大！」

「說得沒錯。在戰場猶豫是死路一條，我看過好幾個像那樣喪命的人，尤其是明天要決戰，內心仍存有迷惘的人大多會死。」

「要不然……！」

普莉梅菈因為霸修說的話而回頭。

她的表情有別於平時。

眉毛是上揚的，牙齒也露了出來，生氣的臉孔一如往常，握著的拳頭卻在發抖，還看得出眼裡有動搖與迷惘。

「要不然……怎樣？」

「……」

普莉梅菈無法接話。

因為她覺得自己不該講下一句話。

她覺得講出來以後，自己原本重視的某種理念就會隨之瓦解。

「要、要不然，你對於鎧甲的材質有什麼想法？」

「我對礦石並不熟悉。」

「但是要穿哪種鎧甲比較好，你還是有想法的吧？比方說，在明天就要決戰的時候，你穿什麼樣的鎧甲會覺得放心？」

普莉梅菈沒有抱太大期待。

因為回想起來，這個半獸人一次都沒有對她開過要求。

不，錯了，是普莉梅菈不讓他表達。普莉梅菈一直在抱怨霸修本領太差，所以只會叫他自己想辦法，都沒有進一步溝通。

話雖如此，她也不認為粗線條的霸修能給出像樣的答覆。

7.火候不足者與奴隸

即使有答覆，大概也只是要求堅固牢靠就好。普莉梅菈已經料想過了。

「鎧甲要穿習慣的才好。決賽在明天，然而我也開始適應目前的鎧甲了。能更牢靠就再好不過，但我希望別做大幅改動。」

「什麼？」

「呃……感覺步伐能跨得大一點會比較好。麻煩幫我把腳踝的部位調整一下。」

「……」

霸修的言詞如料想般粗枝大葉，絕對稱不上具體。

普莉梅菈卻覺得像是被人用大石頭砸中了腦袋。

後來，普莉梅菈與霸修分開。

普莉梅菈認為霸修在工坊會讓她分心，就用叫他去喝酒的形式把他趕了出去。

當然，她的話裡毫無活力就是了……

總之到最後，普莉梅菈並沒有買礦石回來。

既然不需要改換材質，庫存就夠用。

普莉梅菈正在火爐前發呆。

接著是決賽。劍與鎧甲，該改善的地方要改善，該修的地方要修，普莉梅菈有心讓武具變得更好，手卻沒有動作。

她不知道該怎麼行動。

「？」

就在這時候，有人敲了工坊的門。

叩叩——門被客氣地敲了敲。

若要當成霸修回來，時間嫌早了點。

半獸人應當跟矮人一樣貪杯，他會喝到子夜才對。

想到這裡，普莉梅菈繃緊了身體。

在明天的決賽，就會與前八強碰上吧。

身為多邦嘎家族長男的巴拉巴多邦嘎也名列其中。

該不會是為了助其獲勝，多邦嘎家族的某個成員就派了刺客過來……

然而，普莉梅菈立刻搖了頭。

（不對，那樣對方是不會敲門的。）

要攪局的話，手段應該更加激烈。對方會踹破門板，將普莉梅菈的工坊破壞殆盡，再意氣風發地回去。

理應做到這種地步才對。

7.火候不足者與奴隸

普莉梅菈如此心想，就毫無戒備地開了門。

「……！」

於是，門前站著她始料未及的人物。

不，要說沒料到就是自欺欺人吧。

因為她曾有一個夢想。

那就是參加武神具祭，給那些瞧不起自己的傢伙好看以後，他們就會流著淚下跪，並且向自己賠罪。

「大姊……」

「嗨……」

在門前的是卡露梅菈多邦嘎。

普莉梅菈的姊姊。

不過，卡露梅菈根本沒有下跪。她帶著一副尷尬的表情，交抱雙臂站著。

「妳來做什麼？」

「哎……這個嘛，我是有話想說，不過結果終究擺在眼前。」

第三回合的對手。

獸人戰士柯洛。

霸修一拳擊倒的對手。

卡露梅菈沒有留到第二天賽程，而普莉梅菈留下來了。這就是結果。

「抱歉，以往那樣對妳。我似乎把妳看得太低了。」

卡露梅菈這麼說完，就把掛在腰際的酒瓶遞向普莉梅菈。

賠罪與讚美都要隨酒道來，這是矮人的常識。

這瓶酒一收下，就等於普莉梅菈接受賠罪。

「……」

可是，普莉梅菈沒有把手伸向酒。

「果然妳不肯原諒姊姊嗎？」

卡露梅菈苦笑著把酒收回去。

「……」

普莉梅菈的心境很是複雜。

的確，自己理應期待過這一刻。

收下這瓶酒，再直言告誡「以後別再說我母親壞話」，這曾經是普莉梅菈的夢想。

但她的手卻沒有動。

「無論如何，恭喜妳晉級前八強。」

7.火候不足者與奴隸

「嗯……」

「怎麼，我還以為妳會更高興，臉色黯淡成這樣。」

霸修確實戰勝了柯洛……與姊姊搭檔的鬥士。

所以那可以說是普莉梅菈的勝利嗎？

斷無此理。

劍用到彎曲變形，鎧甲也揍得凹癟。

看霸修一路連勝的過程就曉得。

霸修都在手下留情。志在奪冠的他費盡心思，就是要避免損傷武具，還節制力道來打倒對手。照理說，武具明明是為了避免自己受傷才穿戴的。

普莉梅菈認為這很可恥。

哪有鐵匠讓鬥士為自己打造的鎧甲操心之理呢？

「大姊，妳走吧……」

「……唉，難不成妳還要跟我嘔氣？妳就是這樣才會被說不成熟。替一流戰士製作武具當然是困難的。我是不曉得那個叫霸修的戰士有多聞名，但是看了比賽就知道他屬於頂尖水準。好比老爸對其他矮人的武具無法滿意，光憑尋常武具，別說要滿足一流戰士……」

「反正妳走就是了！」

卡露梅菈被普莉梅菈伸手一推，踉蹌地後退了幾步。

「我說啊，妳就是這樣才……！」

氣得想指責對方的卡露梅菈倒抽一口氣。

因為普莉梅菈眼裡流下了淚水。

回想起來，普莉梅菈是個不太會哭泣的孩子。

無論被人說什麼，她都只會咬牙動怒或者虛張聲勢，從來沒哭過。

「……我懂了。我這就走。」

卡露梅菈說完便旋踵離去。

然而，她走了幾步又忽地停下。

「但是，普莉梅菈，再不認清事實，可沒有人救得了妳喔……」

她在最後留下這句話就離開了。

普莉梅菈甚至沒有目送她，回到工坊之後也只是杵在原地不動。

在她的眼前有毀壞的右手甲，以及留著濃厚修補色彩的左手甲。

另外，還有那柄恐怕只要霸修使勁一揮就會彎曲變形的大劍。

「到底要我怎麼辦嘛。」

普莉梅菈吸了吸鼻水，嘴裡如此嘀咕。

7.火候不足者與奴隸

◆　◆　◆

此時，霸修人在酒館。

由於順利通過了開賽後第一天的賽程，他正與捷兒舉杯小小慶祝。

對戰士來說，戰勝後的酒席比什麼都重要。

畢竟勝利是可喜的，不高興便顯得虛偽。

在這種場合，原本半獸人還會縱情把女性當成玩物……

不過，那可以留到第二天奪冠後再來享受。

畢竟只要明天獲得勝利，霸修就可以合法討到老婆，愛怎麼做就怎麼做的日子正在等著他。

「於是老大登場了！老大一抵達，就定睛環顧四周……倒下的戰友；得意的敵兵。老大不可能默許這些！咆哮的老大！震飛的敵兵！熾熱的戰況好似要令人燃燒殆盡！」

「噢噢噢噢～～！」

捷兒在霸修的座位上演著話劇。

兩手拿餐刀的捷兒一會飛到右邊切開牛腿肉塊，一會飛到左邊用刀捅燻豬肉。

周圍的男子們見狀都大聲喝采。

不過，與其說他們的視線放在捷兒身上，還不如說是向著捷兒講述的內容，乃至於霸修那邊。

戰爭中的英雄縱然有好幾名，霸修仍是特別的，稱他是活傳奇也不為過。

能與此等人物共進酒的機會可不好找。

在霸修身邊有各類不同的種族。

矮人自不用說，還看得見智人與獸人的身影。

在武神具祭敗給霸修的食人魔寇爾寇爾，還有獸人柯洛，也理所當然地聆聽著捷兒講述那些英勇事蹟。

那些在霸修的英勇事蹟當中出現的敵兵或許正是自己的親朋好友，現場卻沒有人對此感到介意。

畢竟這類事蹟提到的敵人永遠都只是單純的「敵兵」罷了。

沒辦法看開的人根本就不會接近霸修才對。

「……」

霸修一面豪飲一面帶著為難的臉色保持緘默。

他並不是在生氣。

7.火候不足者與奴隸

霸修心裡冷汗直流。他戰戰兢兢地就怕什麼時候會被問到跟女性的經驗。

因為在半獸人的慶功宴上，那是必談的話題。

順帶一提，其他種族就不太有人會好奇那種事。

有歸有，但在場眾人又不是魅魔，誰會特地用這種難得的機會問那些粗鄙之事呢？

而且霸修那種態度在周圍人們看來，著實是硬派風格。

提到戰爭的英雄，盡是些功勞不大卻老愛吹噓的傢伙。

當然其中也是有留下可觀戰績的人物，然而這裡的酒客大多已經聽膩那些故事了。

要聊的話，甚至他們自己還更有戰績。

眼前這位半獸人則是成就明顯高過自己的奇人。

從今天的比賽就可看出他並非冒牌貨。

明明如此，他卻不願多談。

有時候捷兒會拋來一句「老大，那是什麼時候的戰役？」或者「記得當時的敵人有五百名以上，對不對！」之類的問題，霸修頂多回答「亞洛肯濕地之戰」或者「沒那麼多，五十名左右而已」，談吐精簡。

實在有風範。

況且那些事蹟都是有憑有據。畢竟知道霸修作戰經歷的人有時候就會開口表示「我目睹過那場戰役」或者「那件事我有聽說」而跟著回憶。

他們都篤定霸修就是那名傳奇男子。

此刻，我們可是在跟了不起的男人一塊喝酒——眾人心想。

「哎呀，已經這麼晚啦。老大，我們差不多該回去嘍。雖然老大一年不睡覺也沒問題，但明天還有比賽嘛，要讓身體在萬全的狀態下應戰才行。」

「也對。」

捷兒說的話讓霸修起身。

霸修並不討厭被人追捧，然而他在這裡有別的目的。

現場若有一兩個美女就另當別論，但他目前希望專注於比賽。

能否得到冠軍，結果可說天差地別。

霸修以往從來沒有因為睡眠不足而敗陣的經驗，不過，他希望盡可能排除會讓自己輸的理由。

「喂，霸修先生要回去了！」

「這裡的酒錢由我來付！」

「蠢貨！要請客招待霸修先生的是我啦！」

「不，我來付……！」

7.火候不足者與奴隸

霸修側眼望著男人們爭奪起請英雄喝酒的名譽，然後從店裡離去。

夜已深。

明明如此，由於城裡正在舉行祭典，街上滿是行人。

霸修鑽過人潮，邁步走向普莉梅菈的工坊。

心情絕佳。勝利的美酒讓情緒昂揚，更讓腳步變得輕快。

不過，真正的勝利並不在今晚，而是在明天。

冠軍得手，霸修就可以討到老婆。一想到明天的這個時刻，霸修的腳步簡直輕快得可以登上天。

就算這樣，鬆懈乃是大忌。

霸修繃緊神經趕著回去……

忽然間，他的手臂被人揪住了。

「！」

霸修一轉眼就被拉進暗巷。

話雖如此，他可是霸修。

儘管突然被人硬拖，霸修也沒有失去平衡，還氣勢洶洶地站到犯人面前。

「誰！」

抓著霸修手臂的人是個將兜帽深深戴到眼前的男子。

霸修光從他的身段就看出他是老練的戰士。

對方手臂粗壯，與霸修同等或更粗。其重心已經放低，要撂倒他不容易。

但是，霸修著眼的地方不只這些。對方的腳上掛著鎖鏈，鎖鏈前端還接著一顆尺寸應該相當於智人族頭顱的鐵球。

由此可見對方是奴隸。

「在開賽典禮上看見你時，我還懷疑過自己的眼睛，果然是你，霸修！」

戴兜帽的男子這麼說完就緩緩地掀起兜帽。

從帽子底下現出的臉與霸修十分相像。

綠色肌膚，外露的尖牙。

是半獸人。

普通的綠半獸人。

皮膚色澤比霸修略深，然而更顯眼的是那張有燒傷痕跡的臉。

仔細一瞧，抓住霸修的那隻左手並沒有無名指與小指。

無論是那張臉或者那隻手……不對，霸修在看見那些之前，就先對那副嗓音感到有印象

7.火候不足者與奴隸

了。不會錯。

「難道是你，東佐伊？」

「對，正是本大爺！」

「竟然會在這裡碰面，我還以為你死了！」

「很不巧，我就是命硬，一直都活著！」

東佐伊被當成戰死者是在多邦嘎地坑之戰。

話雖如此，並沒有人發現他的遺體。

當時七種族聯合連戰連敗，霸修他們也接連敗陣了好幾次。

夥伴們一個接一個在那段時期消失。

霸修還記得東佐伊也是在那時消失蹤影的。

夥伴從戰場上消失，與死亡同義。

畢竟勇敢的半獸人戰士不可能逃離戰場，從此未返。

「這不是東佐伊老大嗎！好久不見耶！」

「哈哈，原來捷兒也跟你在一起！」

然而，半獸人是粗線條的種族。

就算與部隊走散，只要能與其他部族會合，也會出現被該部族編進其他部隊繼續作戰的狀況。

於是，日後碰巧遇見原本部隊的戰友，就會感嘆：「原來你這傢伙還活著啊！」慶幸彼此能重逢。

「欸，霸修，你們似乎都挺健朗的嘛！原來你現在被稱作『英雄』嗎？喂，這稱號跟你可真相配！」

「呃，哪裡，嗯……」

這時候，霸修看了東佐伊腳上掛的鎖鏈。

仔細一瞧，東佐伊連脖子都套著粗重的鐵環。

他是奴隸之身。

半獸人出奔他國後，若是為非作歹遭到捉拿，就會淪為奴隸。

就像之前在競技場打鬥的半獸人……不對，現在想想那也是東佐伊吧。

霸修看見在競技場戰鬥的東佐伊，曾斷言那是半獸人打破戒律應得的末路。

他的想法到現在仍未改變。

然而，東佐伊理應不是那樣的半獸人。

他屬於準備周到又不忘下工夫的男子漢，但無疑是勇敢的戰士，更是以投身於戰鬥為傲的男人。

7.火候不足者與奴隸

東佐伊並沒有愚昧到會違抗半獸人王的命令。

「……東佐伊，你怎麼成了這樣？」

「啊，這個嗎……說來丟臉，這是因為我們……不，是我力有不逮。」

面對霸修的疑問，東佐伊露出看似慚愧也像懊悔的表情。

不過，他那種表情很快就消失了。

「但是今年我就能設法解決。你放心，我不會讓半獸人的驕傲再受到玷汙，哪怕賭上半獸人王之名。」

「……」

霸修不太懂東佐伊話裡的含意。

可是，對方連半獸人王的名諱都提出來了。

東佐伊肯定也對自己離群漂泊感到後悔，以至於淪為奴隸，還被迫表演那種丟人的戰鬥，就心生反省了吧。

既然如此，霸修打算原諒他。

身為曾在同一個小隊出生入死的戰友，他們有過好幾次互救性命的交情。

如果有必要，對於半獸人王，他也可以回國幫忙從中斡旋。

「話說，霸修，你怎麼會來這種地方……哎，我問這什麼廢話。不好意思，給你添麻煩了。」

「呃，我根本沒有感到麻煩……」

「就知道你會這麼說，你果真是我們布達斯中隊的驕傲！」

東佐伊對霸修大力稱讚，然而，他又一次露出了慚愧的表情。

「可是，霸修，儘管你辛苦來到這裡……說句不中聽的，照這樣下去，我倆會在明天的決賽碰面。」

「是嗎？不過，那又如何？」

「我很難向你開口……」

東佐伊一臉不知道是否該啟齒的表情。

然而，他下定決心似的望向霸修，並且直言：

「明天的比賽，你能不能輸給我？」

「什麼？」

「不，你身為半獸人的英雄，總不能輸給我這種貨色。你別到會場就好。」

「……為什麼？你為何要我那麼做？」

「為什麼？喂喂喂，你想逼我親口說出來嗎？饒了我吧，霸修，我也有所謂的自尊耶。雖然跟你一比，或許就顯得渺小了。」

7.火候不足者與奴隸

東佐伊苦笑著如此說道。他似乎無意回答。

故意輸掉。

故意不出場比賽。

倘若霸修有意，他並非做不到。

被當成怯戰會讓霸修不快，感覺也有損名譽。

可是，既然過去的戰友提出了不情之請，霸修就有度量包容。

「不過，東佐伊，我來這裡也有自己的目的。」

「哎，別把話說盡，我都明白。到時候我不會讓任何人取笑你是怯戰才逃跑的，我們所有弟兄都將保護你的名譽，之後也會記得報答。啊，對了，不然我把自己的女人送你吧？」

「……慢著。你身為奴隸，卻能擁有自己的女人？」

「是啊，我有自己的女人，雖然她跟我同樣是奴隸。她名叫艾琳蒂……嗯，不錯的女人。身體健康，而且已經生了三個孩子……能平安回鄉的話，我原本想娶她當老婆，可是能送你當謝禮也不算可惜啦。」

霸修認為自己擺了副臭臉。

霸修何嘗不是半獸人。

雖說有英雄頭銜，他仍具備常人的嫉妒心。

就算東佐伊已經反省，連打破半獸人王定的戒律還淪為奴隸之徒也有老婆，為什麼自己至今都沒有對象呢？

「……嗯～～」

然而，這提議不壞。

半獸人不會撒謊。

既然東佐伊說那女人不錯，應該就是個好女人。

不用特地在武神具祭拿冠軍也保證弄得到好女人的話，自然是再好不過。

東佐伊能達成自身目的，霸修也能把女人弄到手。

簡直是兩全其美。

雖然不知道東佐伊在打什麼主意，從他的說詞來判斷，霸修毫無吃虧之處。

反正普莉梅菈也達到目的了，棄權應該沒問題。

但……

「霸修，向專程來比賽的你拜託這種事，我自知失禮。可是……求求你，我希望在最後可以親手將事情了結。」

東佐伊由衷慚愧地這麼說完，就消失在暗巷深處。

只剩拖著鐵球的聲音於暗巷中久久不散。

7.火候不足者與奴隸

「老大，現在要怎麼辦呢？」

「……」

霸修沒有回答。

他只是帶著為難的臉色杵在原地，一直望著東佐伊消失的方向。

◆◆◆

深夜。

喝完酒回來的霸修入睡以後，普莉梅菈仍待在工坊。

矮人是所有種族當中最不需要睡眠的種族。

尤其是在打鐵時，他們會從火與土精靈那裡獲得力量，甚至撐得過七天七夜的作業都不用睡。

雖說普莉梅菈屬於智人混血種，熬夜對她並不成問題。

在她眼前有已經修理完畢的手甲，以及劍。

普莉梅菈認為照現狀還是不行，一直在重新鍛劍。

「可惡……這樣是不行的。這不堪用……」

又一柄。鐵塊般的劍被普莉梅菈甩到旁邊。

鏗啷一聲，劍掉在工坊角落。

換作以前，她打出那樣的劍應該就滿足了。

並沒有什麼缺點可挑。鋒利度出色，耐用性也十足。

至少普莉梅菈是這麼想。

然而要讓霸修使用的話，要在決賽贏到最後的話，那柄劍靠不住。

八成會跟之前一樣折彎扭曲，或者在戰鬥途中應聲折斷吧。

要怪在霸修身上很容易，但就算怪他，勝利也不可能自己送上門。

在決賽交手的對象全是比之前更高竿的強者。

鬥士也都是武神具祭的常客，理應對武神具祭的求勝之道頗有心得。

既然如此，要是霸修使不來武具這一點被看穿，他們因而針對武具下手，或者拖長戰鬥使武器遭到破壞而飲敗，都是很有可能發生的狀況。

武具損壞導致敗北。

那並不是霸修的敗北。

而是普莉梅菈的敗北。

「……呼～～」

7.火候不足者與奴隸

普莉梅菈發出帶有焦躁的嘆息。

她不知道該怎麼做才能打出讓霸修用了也不會彎掉的劍。

普莉梅菈跟矮人一樣，從小到大都在打鐵。基本功全灌輸給她了，她也被人稱讚過有天分。

而且，普莉梅菈也研究了好幾種獨門的打鐵祕方。

她還用其他矮人不屑一顧的新素材製作過武具。

要比打鐵的技術，普莉梅菈自認不會輸，無論跟誰比。

但就算這樣，她還是不曉得自己該怎麼做才能打出讓霸修堪用的劍……

普莉梅菈歇下手，凝視著火焰。

現場被火焰劈啪燃燒的聲音還有霸修從倉庫傳來的打呼聲支配。

（像這種時候，我以前都是怎麼克服的……？）

普莉梅菈忽然如此心想，於是她想起來了。

沒有錯。過去她都是看著範本，再以其為參考。

她出生的家裡有好幾把多拉多拉多邦嘎留下的練習之作。

「啊。」

這時候，普莉梅菈察覺某件事了。

自己為什麼沒有察覺這麼簡單的道理呢？

是啊。要範本的話，那裡不就有嗎？

——可供參考的範本。

她站起身，腳步搖搖晃晃，像是被什麼東西附了身一樣朝某處而去。

倉庫就在那。

在那裡，霸修與捷兒借了地方留宿。

普莉梅菈一手拿著蠟燭，另一手靜靜打開門後，就發現小小的倉庫裡有半獸人看似委屈地躺著的身影。

他並沒有在打呼，睡相很安靜。

普莉梅菈確認過自己要找的東西擺在霸修身邊，為了不吵醒他，就捻手捻腳地悄悄把東西拿了起來。

手感沉甸甸的。

普莉梅菈又放輕腳步離開霸修身邊，回到工坊。

她靠火爐的亮光仔細端詳起拿來的那玩意兒。

那是劍。

彷彿隨處可見，材質是暗綠色金屬，毫無裝飾的樸素長劍。

7.火候不足者與奴隸

劍柄很粗，應該是設計給半獸人一類偏高大的種族使用，普莉梅菈的手握不住。

重量遠比普莉梅菈打的劍還要重。不可思議的是，她卻能輕易舉起來擺架勢，因為劍的重心勻稱得難以置信。

普莉梅菈更用光照著劍，細看劍身。

喉嚨發出了吞嚥聲。

「好美……」

多美的劍身啊——普莉梅菈心想。

上頭並沒有特殊的刃紋，也沒有閃亮的光彩。

觀者若不細看，也許會覺得與新鑄的劍沒多大差異。

然而，不是那樣的。

這是花了心思，一遍又一遍反覆重鍛的劍身。

忠於基礎，憨直而忠實，以過人精確度及熟練度打出來的劍身。

話雖如此，鋒利度肯定不怎麼樣。

但是感覺對它所用的鐵很自豪。

甚至可以感受到當中有絕對不會折斷的把握。

看來這把劍被施了無法破壞的附魔，但那種技倆不過是額外的。

這把劍不會彎曲。

或許它在跨過幾百座戰場後就會功成身退，但最起碼上個一兩次戰場並不會使它彎曲。

無論用劍者再怎麼笨拙，無論用劍者擁有多大的力量……

「……」

普莉梅菈把劍收回鞘裡。

接著她撿起剛才被扔到一旁，由自己鑄出來的劍，與霸修的劍相互比較。

何者較優，一目了然。

之後普莉梅菈還拿起了幾天前被霸修弄彎的劍。

她再次仔細確認劍是怎麼彎的。

劍身呈現出有如彎刀的弧度。

從根部開始彎曲，弧度越往劍尖就越大。

其弧度一路彎到了劍柄，整把劍像是一彎新月。

劍彎得很整齊。居然能彎成這樣還不折斷，前所未見。

而且若有人能讓劍彎成這樣……

普莉梅菈蹙起眉頭。

臉自然而然地使了勁，眼角陣陣發熱。

7.火候不足者與奴隸

她隱約有想到該不會這才是真相。

原本她相信自己打的劍會彎曲變形，除了使劍者火候不足外再無別的理由。

可是……普莉梅菈錯了。

她是錯的。

這種彎曲方式沒有對劍造成任何一絲負擔。

揮劍的力道毫無浪費地平均分配在整把劍上，每次出手都順著劍勢，力道並未朝橫向發散，而是呈縱向傳達。因此劍身絲毫沒有朝橫向彎曲，而且彎成這樣也仍未折斷。

若非名氣響亮的劍士，肯定無法這麼用劍。

像這樣用劍，也許反倒有損其鋒利。

換句話說，用這把劍的人是在為劍著想。怕它折斷，怕它變形，然而其力量又足以打倒對手。

用劍者斬敵破敵都是小心翼翼。

『但我自認都有那麼做。』

把劍弄彎的男子的嗓音迴響於普莉梅菈的腦海。

他使劍並未花多餘力氣，還順著劍勢，儘管如此，劍卻彎了。

這就表示……

「……」

普莉梅菈明白。

其實她從一開始就明白。

被哥哥姊姊數落自己要獨當一面還早，技術仍未到家，雖然她一路否定至今，內心卻有所自覺。

她只是在說服自己罷了。

她只是一路自欺欺人罷了。

但是，如今她不得不承認。

拿起名劍，跟自己的廢劍比較過後……

現實就攤在眼前。

「我的打鐵技術是不成熟的。」

眼淚撲簌簌地從普莉梅菈的臉頰滴落。

8. 武神具祭　開賽第二天　準決賽

在休息室，普莉梅菈正神色緊張地與霸修面對面。

霸修身穿修理過的鎧甲，手拿交過來的劍，眼睛則俯視著普莉梅菈。

普莉梅菈沒辦法看出他那張表情背後有何感情。

「……抱歉，我準備不出像樣的武具。」

普莉梅菈缺乏自信。

相較於昨天，第一回合開始之前，她變得更沒自信了。

回想起來，這幾天她一直被迫面對自己的不成熟。

昨晚普莉梅菈絲毫沒睡，都在重鍛劍與鎧甲，但成果還是遠遠不及霸修的愛劍。

跟那把剛劍相比，自己的劍不過是根小樹枝。

只要霸修猛揮，肯定就會輕易折斷吧。

「不，劍比昨天更順手。」

霸修輕輕揮了劍，如此說道。

8.武神具祭　開賽第二天　準決賽

「有、有嗎！」

「有。」

普莉梅菈微微擺了架勢叫好。

然而，她很快又猛搖頭，把握起的拳頭藏到身後。

就算得到了順手些的評語，她的劍依舊是鈍兵。

「……」

至於霸修，他的心思全放在普莉梅菈將手藏到身後而向前挺出的胸脯。

普莉梅菈也察覺他的視線了。

這東西看了有什麼意思？女方倒不是沒納悶過，可是她依然不覺得排斥。

（……話說回來……）

普莉梅菈重新看向霸修。

當初見面時，她不太了解霸修這號人物。

被對方要求幫忙生小孩，她忍不住予以回絕。

普莉梅菈心想：別開玩笑了。

可是，現在她對霸修的看法已經稍有改變。

（這傢伙雖然身為半獸人，卻是個不錯的男人。）

個性耿直，又強壯，還有男子氣概。
即使他用了普莉梅菈給的劍，還一直被普莉梅菈臭罵，卻連半句怨言也沒有，始終盡力而為。
到最後，他更讓普莉梅菈察覺了自己的不成熟。
對方身為半獸人，彼此在常識方面會有許多差異。
比方說，他曾突然撲上來就是一個例子。
然而，現在他仍目不轉睛地盯著普莉梅菈的乳溝，卻沒有伸手摸……應該是因為他依舊對普莉梅菈懷有情慾，但意志一直效忠於半獸人王。
具忠誠心，有耐性，而且頑強的男人。
有這樣的男人向她求愛。
普莉梅菈再次確認這項事實以後，便覺得自己的臉頰燙了起來。
接著從她口中自然冒出了話語。
「哎，要說的話嘛！只要你拿下冠軍，我是可以考慮考慮！」
「考慮？考慮什麼？」
「笨蛋！難道你想要我自己親口說出來嗎！當然是那件事啊！」
「……」

8.武神具祭　開賽第二天　準決賽

霸修的內心正在焦慮。

因為他聽不懂意思。即使女方突然說是那件事，他也不知道指的是什麼。女方說要考慮的到底是什麼？

就算想找人問，可靠的妖精也不在這裡。

剛才霸修敏銳的直覺體認到有某種非同小可的「預感」。

他不知道那種「預感」是好是壞。

上次霸修有如此強大的預感，是在雷米厄姆高地的決戰。

當時是負面的預感。

霸修信不過預感，就在該地繼續作戰，等他接到半獸人王命令而趕至事發現場時，戰局早就無法挽回。

惡魔王格帝古茲已經身亡。

這次的預感又是如何……

「霸修大人，第四回合即將開始！」

於是，休息室的門被敲響了。

「唔！聽、聽到沒有！你去吧，快點上場！」

「……好。」

霸修分不出預感的吉凶。
更不知道自己該怎麼行動。
霸修便懷著這股無解的情緒，前往迎接今天的第一場賽事。

◆　◆　◆

第四回合　霸修對艾蒙德

「勝者，霸修！」
霸修在後續的比賽仍是以一擊定勝負。
對手絕不算弱。對方是矮人族戰士，曾在第三工兵部隊擔任隊長的男子。
即使在這座多邦嘎地坑也排得進前五名的戰士。
他堂堂正正地戰了一場。
面對霸修，他憨直地迎面衝了上去，隨即被一招收拾。
看在觀眾眼裡，應該會覺得他像個傻子。
難道這個矮人沒觀摩過霸修第一天的比賽嗎？理當也有人這麼想。

然而，矮人便是這樣。
相信自己製作的武具，藉此硬碰硬。
對矮人來說，迴避是懦夫的行為。
勇敢的矮人落敗，卻得到了掌聲包圍。
霸修就此晉級準決賽。

8.武神具祭　開賽第二天　準決賽

◆　◆　◆

普莉梅菈看霸修回到休息室，便緊張得發抖。
下一場是準決賽。
對手則是上屆冠軍，巴拉巴拉多邦嘎。
矮人族英雄多拉多拉多邦嘎的長男。
「……」
巴拉巴拉多邦嘎。
他是多邦嘎家族中公認實力最強，打鐵技術也最好的男子。
在多拉多拉多邦嘎已故的當下，他既是家族的象徵，也是頂點，更是憧憬與希望。

他從年少時就開始用自己打造的武具參加武神具祭，有過三度奪冠的經驗。

尤其去年奪冠的賽況更是相對從容，據說他今年有十二成把握可以連冠，位居冠軍人選之首。

到昨天為止，普莉梅菈都以為只要自己認真，本事就會比巴拉巴拉多邦嘎更高。

然而，現在她不那麼想了。

她能理解那個頑固的哥哥身為鐵匠有多麼勤勉、多麼出色。

那肯定還不及他們的父親多拉多拉多邦嘎，然而現在的普莉梅菈終究無法企及大哥的境界。

目前的自己夠資格跟那樣的對手一戰嗎？

自己一路獲勝至今，全是靠霸修的力量。

「妳放心，我不會輸。」

霸修說的話靠得住。

任誰聽了都一樣，霸修的話應該是無人不信。他的話在戰場也是絕對真理，能夠讓所有士兵感到安心才對。

但是普莉梅菈在思考。

自己夠資格贏嗎？

8.武神具祭　開賽第二天　準決賽

「嗯。」

至少獲勝的時候要記得別當作自己贏了。

普莉梅菈如此在心中發誓。

◆　◆　◆

準決賽。

巴拉巴拉多邦嘎正在競技場中央等待對手。

他是上屆冠軍。

大賽開始前，巴拉巴拉多邦嘎曾認為無論對上誰都能贏。

去年苦戰過的對手，在今年也將游刃有餘地戰勝。他自認這一年來經過嚴格鍛練，也穿上了堪稱完美的鎧甲，才會這麼有把握。

對手是半獸人英雄霸修。

其名號連巴拉巴拉多邦嘎都聽過。

畢竟巴拉巴拉多邦嘎也是以矮人族戰士的身分參加戰爭，直到迎來終戰的一分子。

他更明白自己正是因為沒遇上「他們」，才能存活到現在。

所謂的他們，指的是那些奔走於戰場的頂尖戰士。

比如霸修，比如父親多拉多拉多邦嘎。

沒遇見那些頂尖戰士的好運氣讓自己活了下來。

終戰後，他們在各國獲得了相應的地位，如今仍在為國家奉獻。

智人族王子納札爾是如此，精靈族大魔導桑德索妮雅亦然。倘若人稱戰鬼的父親，還有跟父親交情深厚的獸人族勇者雷托都活著，肯定也會跟他們一樣才對。

他們才不可能參加這種祭典。

或者，也許他們將坐在貴賓席，但應該不會像這樣站上競技場。

巴拉巴拉多邦嘎形同永遠失去了挑戰他們的機會。

沒有錯，挑戰。

巴拉巴拉多邦嘎是這座競技場的王者。

然而此時此刻，他成了挑戰者。

他想感謝神。

感謝神賜了挑戰的機會。

（但是，我得深思對方被引來這裡的理由……）

半獸人英雄會來到這個國家，來到多邦嘎地坑這裡的理由很明顯。

8.武神具祭　開賽第二天　準決賽

奴隸。

這個國家有半獸人奴隸。

而且數量相當可觀。

他們是出沒於多邦嘎地坑附近而被捉拿的流浪半獸人。

對外界的說詞是如此，但實情並非這麼一回事。

那些半獸人奴隸大多是戰時抓來的俘虜。

當戰爭結束，各族協議和平共存進而迎來安寧之時，原本被囚禁於各國的俘虜就全數獲釋了。

國際間定有相關的條約。

因此原本被囚禁於半獸人國的女性全被釋放，囚禁於魅魔國的男性也得到了解脫。

囚禁於智人國的妖精，以及淪為獸人俘虜的食人魔亦同。

明明如此，為何半獸人至今仍被關在多邦嘎地坑呢？

他們怎麼沒有在終戰的同時獲得解脫呢……？

談到這一點，並不需要太長的說明。

多邦嘎地坑的商人們。多拉多拉多邦嘎亡故後，執掌這座城鎮的那些人。

他們在終戰前夕將奴隸藏起來了。

矮人既頑固又有匠人脾氣。

但是，他們並非個個都良善。

順帶一提，喜愛聚財為富者也多有所在。

競技場的收入，還有成本低廉的奴隸都帶來了龐大利益。商人們捨不得放手，就將淪為奴隸的半獸人存在隱瞞到底。

商人們在頭一年把他們監禁於地下深處的地下決鬥場令其互鬥，第二年以後則聲稱「捉到了流浪半獸人」並且揭露其存在，讓他們在公開的競技場戰鬥。

許多矮人都受到了蒙騙。

巴拉巴拉多邦嘎直到這陣子才得知真相。

他繼承了多拉多拉多邦嘎的驕傲，自然想立刻釋放半獸人奴隸。

於是，他與半獸人奴隸的領袖東佐伊結識了。

東佐伊是個有骨氣的男子。

成為俘虜後，他一直有意親手打破現況。

而且他找到了方法。

在武神具祭奪冠，讓自己一幫奴隸獲釋，如此有效的方法。

巴拉巴拉多邦嘎得知以後是這麼想的。

8.武神具祭　開賽第二天　準決賽

自己應該成為攔阻他們的敵人。

這麼做將能保住他們的驕傲。

巴拉巴拉多邦嘎曾暗中安排，將自己製作的武具交給那些半獸人奴隸，但除此之外他並沒有進一步做些什麼。

結果去年巴拉巴拉多邦嘎得到冠軍，東佐伊則是亞軍。

儘管比賽結果讓巴拉巴拉多邦嘎於心不忍，然而東佐伊並沒有放棄。

因此在今年，巴拉巴拉多邦嘎同樣給了東佐伊武具，還派能幫忙修理武具的鐵匠給他。

或許大多數的人聽到這件事，都無法理解巴拉巴拉多邦嘎的行為。

但巴拉巴拉多邦嘎認為要是他故意落敗或者棄權，都會玷汙半獸人的驕傲。

自己若沒有動真格戰鬥，然後敗北，就無法讓三年來遭受侮辱的半獸人重拾驕傲，東佐伊的苦心也將白費——他如此深信。

然而在今年，霸修來了。

半獸人奉為英雄的男子。

來拯救淪為奴隸的同胞。

帶著一名妖精，區區兩人成行。

（對方事到如今才出現，不知道是在等局勢穩定，或者去年東佐伊拿到了亞軍才讓消息傳了出去……）

無論是何者，巴拉巴拉多邦嘎都認為了不起。

半獸人到他國旅行應該很苦。

要抵達多邦嘎地坑這裡非得通過席瓦納西森林。

統治那片森林的是精靈族大魔導桑德索妮雅。

「席瓦納西森林的惡夢」在矮人之間也是知名逸聞。

桑德索妮雅於漫長戰爭中始終所向披靡，就在那一次承受了難以承受的屈辱。

再加上精靈性情陰險，半獸人光是要通過，肯定就會被他們找麻煩而受到耽擱。

實際上，巴拉巴拉多邦嘎也有接到消息，說是那片森林發生騷動，還有一名半獸人遭到侮辱。

不僅如此，半獸人的英雄踏出國境，克拉塞爾的那名智將休士頓也不會默默放行。

殺豬屠夫休士頓的偉業與名號都為人所知。

那個男人對半獸人懷有非比尋常的憎惡，霸修既已出國，他應該就會採取動作。

然而，如今霸修出現在這裡。

如今他克服千辛萬苦出現在這裡。

半獸人絕非腦袋靈光的種族，卻能存續至終戰而未滅亡。

8.武神具祭　開賽第二天　準決賽

那肯定是因為他們有這種團結的力量。

多少知道內情的矮人當中想必有不少人會在今天一天內，對半獸人這支種族改觀吧。

（不過……）

這時候，巴拉巴拉多邦嘎耳裡聽見了哄然湧上的歡呼。

睜開眼睛，可以看見有一名半獸人從休息室走來。

霸修，半獸人英雄。

他比這座競技場的任何參加者都強。

不，能打倒這男人的強者，縱使找遍全世界也沒有幾個。

就算戰力多少受到了平庸的武具壓抑，那都無所謂。

他在這次的大賽肯定還是能輕易奪冠，並且輕易解放那些淪為奴隸的半獸人吧。

但是，巴拉巴拉多邦嘎不認為那是可喜之事。

（如果讓這個男人辦成一切，東佐伊的驕傲將何去何從？）

東佐伊在這三年來——

不，巴拉巴拉多邦嘎知道東佐伊期望從奴隸身分解放，花了更長的歲月一路活動至今。

他不希望那些努力全都變得毫無意義。

「霸修大人。」

「怎樣？」

「容我擊敗你。」

「嗯。」

說完理所當然的話，得到理所當然的答覆。

不過，這就是巴拉巴拉多邦嘎下定決心的宣戰詞。

自己要擊敗這個男人，擊敗這個絕對贏不了的對手。

如此一來，東佐伊受的苦就不會毫無意義。

巴拉巴拉多邦嘎這麼心想，並且把劍指向霸修。

脾氣頑固粗暴，手藝靈巧卻笨口拙舌的這名粗魯男子向半獸人英雄提出了挑戰。

◆◆◆

準決賽　霸修對巴拉巴拉多邦嘎

巴拉巴拉多邦嘎知道霸修的弱點。

當然，霸修原本是毫無弱點可言的。

8.武神具祭　開賽第二天　準決賽

提到半獸人，普遍會指出他們對火與雷魔法缺乏抗性，然而對霸修來說，那明顯不符事實。

畢竟他跟擅使魔法的桑德索妮雅進行單挑，還將她擊敗了。

就算霸修真的對火與雷魔法缺乏抗性，若沒有相當威力肯定也傷不到他，更遑論這場大賽本就明定禁用魔法。

霸修的弱點。

就是裝備。

這場大賽的參加者幾乎都察覺到了，為霸修打造裝備的鐵匠火候不夠。

換句話說，針對裝備下手，以破壞武具為目標便有勝算。

連要那麼做，可能性都像拈起細絲一樣渺茫。

可是，巴拉巴拉多邦嘎有把握辦到。

因為霸修一直都在手下留情。

只要霸修使出全力，他的武器……甚至鎧甲都會毀壞，並且四分五裂吧。

這並無看扁鐵匠……看扁普莉梅菈之意。

連巴拉巴拉多邦嘎都沒有自信能打造出足以承受這名男子使出全力的武具。

想打造配得上這名半獸人的武器，大概要找身為傳奇鐵匠也頗負盛名的戰鬼多拉多拉多邦嘎，或者名聞遐邇的惡魔鐵匠薩爾蒙才有能力吧。

因此霸修出手不得不有所保留。

他非得節制力量，像在賠小心一樣緩緩施展身手。

而到目前為止，霸修仍然一招就收拾了那些有名氣的參賽者，只能說神乎其技。

恐怕所有人都是這麼想的，但實際狀況稍有出入。

霸修用一招收拾對手是情非得已。

因為他穿著施展越多越容易損壞的鎧甲，才不得不速戰速決。

巴拉巴拉多邦嘎正是理解這一點，才會自取其辱。

「哎呀，戰局怎麼會變成這樣！難道巴拉巴拉多邦嘎正在四處走避嗎！勇敢如他，居然會不顧顏面地逃竄！」

從直播台傳出驚訝之語，會場被喧嚷聲籠罩。

巴拉巴拉多邦嘎知道自己會被如何看待。

他本著自己的意志來到競技場，還在準決賽這種場合像隻兔子一樣到處逃竄。

多麼丟人。

多麼膽小。

巴拉巴拉多邦嘎本身並沒有想到自己會像這樣到處躲。

8.武神具祭　開賽第二天　準決賽

原本無論對手是誰，他都打算挺身面對。

然而，那樣不行。

那樣贏不了。

那樣保不住東佐伊的驕傲。

他一邊逃竄一邊針對霸修的關節出手。

「喝！」

關節、肩頭、腋下。鎧甲並不是由單一鐵塊裁切成形的。

肯定會有扣具，有脆弱的部分。

要針對那裡下手。

先發動佯攻。

「哼！」

於是，霸修精確地予以回擊。

聚集成形的殺意掠過巴拉巴拉多邦嘎的腦袋。剛才假如他多跨半步……想到這裡就有一股寒意竄上背脊。

因為武具的強度沒有多突出，應該能逃過死劫，可是被打中就免不了失神。

總之，對方的攻擊就是有這等威力。

每次跨步，理當都會對腳踝的扣具造成負擔。

這樣就能穩當地逐步消耗其下盤吧。

成功磨損下盤的扣具以後，就換肩膀。

最後只要破壞軀幹周圍的扣具，便能毀掉鎧甲。

花時間細心引誘對方攻擊，誘使其自毀，自己只需要在最後一刻出手。慢慢將對手的鎧甲摧毀。

矮人大多不會這樣作戰。

而且這項方案會因為單純的失誤而告吹。閃避攻擊失敗時，或者自己被霸修領略到並非認真進攻時……對付「半獸人英雄」，採取這種作戰策略會相當折騰。

可是，巴拉巴拉多邦嘎有自信實行到底。

（對方下次跨步，腳踝的扣具就會損壞。）

他的自信出於對本身估算的信賴。

普莉梅菈的打鐵技術，還有自己的體力。

將兩者放上天平，他有把握撐到最後。

「喝！」

「唔！」

8.武神具祭　開賽第二天　準決賽

鏘──劍擦過頭盔。

霸修的劍正慢慢超越巴拉巴拉多邦嘎閃避的速度。

這是當然的吧。對手是高竿的戰士。

更何況巴拉巴拉多邦嘎對於閃避攻擊並不是多拿手。

無論他自認預留了多少緩衝的空間，也不可能一直逃下去。

（但是，沒有下次了。）

然而巴拉巴拉多邦嘎這麼心想。

因為在剛才，霸修腳踝的扣具應該已經承受不住負擔而損壞了。

換句話說，他無法像之前那樣跨步。

即使如此，霸修還是不得不進攻。

在這場大賽中，若是雙方戰況陷入膠著而無法再戰，就會以彼此武具的損傷程度來評定勝負。

巴拉巴拉多邦嘎的鎧甲仍然全套安好。

雖說腳踝扣具只是一小部分，裝備有破損的霸修依舊會落敗。

霸修不得不進攻，步伐卻難免失準。相對地，巴拉巴拉多邦嘎就可針對肩頭還手。

「喝！」

8.武神具祭　開賽第二天　準決賽

「什麼！」

當巴拉巴拉多邦嘎察覺時已經晚了。

霸修的步伐踏得比之前更深。

沒錯，簡直像在不言中透露：「哎呀？今天我好像可以跨得更大步一點耶。」

鐵塊以驚人速度朝巴拉巴拉多邦嘎的腦袋逼近。

在巴拉巴拉多邦嘎眼裡，那就像慢動作一樣。

他領悟到自己閃不過了。

至少要確實保住意識——如此心想的他在腹部使力。

他接下了這一擊。

「————」

巴拉巴拉多邦嘎的意識頓時遠去。

不過在失神的前一刻，他看見了。

霸修的腳踝。理應損壞的扣具依然完好。

（普莉梅菈，妳進步了……）

巴拉巴拉多邦嘎的失算。

那就是以往打鐵技術毫無起色的妹妹，在這次大賽中有了長進吧。

（應該說，真不愧是半獸人的英雄嗎……）

卡露梅菈說破嘴皮也沒改變過笨妹妹的想法，霸修卻能讓她如此長進。巴拉巴拉多邦嘎一邊在內心稱許，一邊不支倒地。

「勝者，霸修！晉級決賽！」

現場沒有掀起掌聲。

9. 武神具祭　開賽第二天　決賽

決賽。

從準決賽勝出的兩名強者交手後，漫長大賽就會畫下句點。

沒有比這更令人興奮的事，觀眾隨之鼓譟，內心滿懷期待……理應是如此。

今年的決賽異常安靜。

原因在於巴拉巴拉多邦嘎於準決賽的丟人戰況。

在這裡的觀眾，絕大多數都知道巴拉巴拉多邦嘎平時是怎麼戰鬥的。

他會秉持矮人風範，靠著武具跟任何對手硬碰硬，並且克敵制勝。

其戰法令人聯想到往年的多拉多拉多邦嘎。

巴拉巴拉多邦嘎便是如此。

那樣的男人竟會像新兵一樣存心避戰，還沒能逃掉，輸得有如自取其辱。

沒有任何一個人鼓掌，現場籠罩著動搖與困惑的情緒。

然而有一部分觀眾心想：感覺巴拉巴拉多邦嘎並沒有怯戰。

畢竟他可是這場武神具祭的上一屆冠軍。

去年他勇敢擊敗所有敵人的英姿，任誰都還記在心裡。

而且除了跟霸修那一戰，他今年也都正正當當地一路打過來了啊。

他肯定是有什麼策略。

大家都希望這麼想——

不這麼做就無法戰勝。即使這麼做，也還是輸人一籌。

「半獸人英雄」霸修正是迫使他如此應戰的存在。

而要挑戰這樣一名半獸人的參賽者，同樣也是半獸人。

在上一屆大賽，身為奴隸卻勇奪亞軍的半獸人。

東佐伊。

半獸人奴隸首屈一指的實力派。

懂得巧妙運用左手裝備的小圓盾，在奴隸鬥劍的賽事中大受歡迎。

知道他有多強的人不在少數。

雖然不曉得他從哪裡弄來了武具，也不曉得在休息室的鐵匠是什麼人物，但他無疑是今年的冠軍人選之一。

即使如此，他對上的仍是霸修。

半獸人的英雄。

比較過他們倆之前的戰鬥以後，沒有人認為東佐伊會贏。強者為勝，如此就夠了。這是這座競技場的定理。

可是，目睹霸修有多強的人，知道霸修外號的人，聽過霸修在戰場上的逸聞的人全都這麼心想，並且閉口不語。

（太霸道了。）

簡直像大人混進了玩耍的孩童之中——眾人甚至有這種錯覺。當然規則並沒有明定霸修不能參加，就連潛規則都沒有，但大家仍會這麼想。

目前競技場上只有東佐伊一人。

再過片刻，修理武具的時間結束，霸修便會現身吧。

◆　◆　◆

當霸修抵達競技場時，東佐伊正閉上眼睛，交抱雙臂，文風不動地站著。

但是，東佐伊看到霸修來到眼前以後，臉上就蒙上了陰影。

「霸修，為什麼……」

面對困惑的東佐伊，霸修說道：

「我明白你求的是什麼。」

霸修無從得知東佐伊為何要參加這場大賽，又為何要拜託他棄權。

但是，霸修隱約也能體會。

東佐伊有某種想要的東西才會參加這場大賽。

而且為了拿到冠軍，他有意逐出敵對者。

東佐伊想要的是什麼？

恐怕是名譽吧——霸修猜想。

半獸人會誇耀自己的強大，以自身臂力為豪。

離開祖國，被捉拿而淪為奴隸的他，儼然處於名譽遭到剝奪的狀態。

要取回名譽，在這場大賽奪冠會是最好的法子。

霸修如此認為。

哎，大致上應該可以說沒錯，雖然離正確答案尚遠。

「但是，我一樣有所求……我奪冠以後，就能得到女人。」

霸修這句話讓東佐伊變了臉色。

不會吧，竟有這種事，之前不是已經講好，要女人的話，我可以送你嗎？

9.武神具祭　開賽第二天　決賽

如此心想的東佐伊看向觀眾席一角。那裡有他的女矮人老婆吞著口水凝望賽場這裡。
霸修也隨他看向那邊。
「為什麼……？霸修，你這是什麼意思？」
霸修將視線轉回東佐伊身上。
坦白說，東佐伊的老婆並不合霸修喜好。
也許她是個能產下健康小孩的好女人……
不過，問題並不在那裡。
假如東佐伊的老婆是個大美人，霸修也有可能在這一刻轉念，但並非如此。
理由有二。
首先，霸修是半獸人的英雄。
霸修本身認為找伴只要是女的就好，但如果要帶回故鄉，他想找個不會讓英雄之名蒙羞的女人。
倘若從身為流浪半獸人的東佐伊那裡要了女奴隸，還帶回故鄉，霸修實在沒有臉面對半獸人王。
另外還有一點。
這更要緊。

「東佐伊，如果你也有身為半獸人的驕傲，想要什麼就該靠戰鬥爭到手。」

「！」

霸修說的話讓東佐伊受到了雷擊般的震撼。

（沒錯，霸修說得對。）

為什麼自己會想避免跟霸修一戰？

因為他們目的相同。因為東佐伊想親手取勝，並且親口宣言解放奴隸。

這也是因素之一。

可是，不只是這樣。

東佐伊在內心某處是這麼想的。

「自己絕對贏不過霸修。」

所以，他還沒跟對方交手就放棄了。

以前東佐伊不是這樣的。

布達斯中隊所有成員都還活著的時候，東佐伊認為自己比較強。事實上，以前自己比霸修還強，孰不知霸修的實力後來居上。可是東佐伊之後仍認為實際打一場的話，自己並不會輸。

然而，霸修卻在不知不覺中成了部隊最強的戰士，又在不知不覺中成了國內頂尖水準的

9.武神具祭　開賽第二天　決賽

戰士……

然後，他就在東佐伊淪為奴隸的期間成了「英雄」。

如今東佐伊甚至對自己無法贏過霸修這一點已經不感疑問了。

「……身為半獸人的驕傲，是嗎？」

驕傲。

沒有錯，東佐伊想取回的是驕傲。

淪為奴隸，讓自己喪失了那顆自豪的心。

東佐伊想起自己成為奴隸後沒過多久，豢養他的矮人曾說過一句話。

「養半獸人，只要給他們戰鬥與女人就行了。」

東佐伊他們是貴重的奴隸。

奴隸被拖上競技場互鬥，還讓觀眾決定生殺予奪，則是這陣子才發生的事。

他們被迫在地下決鬥場交手時，用的是鈍弊的武器，穿的是容易損壞的防具。

武具毀損即分出勝負，跟武神具祭是同等的規則。

斷然不會出人命，有如兒戲般的決鬥，一直在他們之間被迫持續著。

那種戰鬥豈是半獸人之間的戰鬥。

半獸人之間的戰鬥應該是用靈魂互相消耗，應該更加激烈。

「你說得對，是我錯了。」

或許東佐伊的心在不知不覺中變軟弱了。

或許他太想脫離這種困苦的處境，就對英雄提出了最不應該的請求。

「讓我們教一教那些矮人，半獸人真正的決鬥是什麼模樣。」

想要的就靠戰鬥爭到手。

女人與自由都一樣，不該等他人讓與。

半獸人就是要戰鬥、要爭。

如果擁有身為半獸人的驕傲，就算對上霸修，也要在戰鬥中取勝，將成果爭到手。

（霸修又讓我上了一課。）

東佐伊一邊這麼想一邊舉起劍與盾。

霸修也同樣舉起大劍。

緊接著——

「咕啦啊啊啊啊啊喔唔！」

震動竄過競技場。

9.武神具祭　開賽第二天　決賽

震。

一片寂靜。

同時也讓人想了起來。

矮人們都想了起來。

那並不像在競技場聽見的宛如豬隻嚎叫，毫無氣力的吼聲。矮人們想起在戰爭中，自己跟半獸人交手時所聽見的咆哮。

想起身體在戰場感受到的顫慄，以及恐懼。

想起真正的戰吼。

「咕啦啊啊啊啊啊啊啊啊啊啊啊啊喔喔唔！」

第二次震動更加巨大。

半獸人英雄發出的戰吼震懾了競技場所有觀眾。

同時也讓他們感到雀躍。

回想起來，之前霸修在這場大賽一次也不曾發出戰吼。

連對上巴拉巴拉多邦嘎那一戰，他都沒有動真格。

但現在不一樣。這場決賽，在同為半獸人的條件下，霸修願意動真格了。身經百戰的英勇戰士們一律噤口，臉色也隨之蒼白，送上的目光卻是羡慕，因為那個男人能讓他動真格。

從會場湧出鼓譟及興奮之聲。

與此同時，半獸人們朝彼此踏出了一步。

兩步、三步……雙方拔腿衝出。想必毫無考慮過防禦的衝刺。在衝突的同一時刻，宛如從腹部深處響起的重金屬聲隨即響遍競技場。

決賽開始了。

◆◆◆

任誰都以為一招就結束了。

霸修神速的一劍劈在東佐伊身上，使得東佐伊被彈飛了數公尺。

比賽沒有結束，眾人察覺這一點的原因無他，就是目睹東佐伊以腳掌著地。

東佐伊順著被彈飛的勁道，用腳掌在地面拖出約兩公尺的痕跡，然後停住。

他撐過霸修這一劍了。

認清這一點以後，會場頓時鼓譟起來。

因為知道霸修出劍力道有多重的人都發出了感嘆。

如同霸修跟巴拉巴拉多邦嘎的戰鬥所示，看了就曉得沒有防具能承受他的一劍。

9.武神具祭　開賽第二天　決賽

既然如此，東佐伊必定是用了左手那面盾牌化解力道。

然而，誰能夠化解正面打倒龍的一擊呢？

驚人的本領。

「喂，那個叫東佐伊的男人，在戰爭中似乎跟霸修待過同部隊耶。」

某個觀眾提出這樣的說法，讓會場裡大為轟動。

有男人可以跟霸修戰得勢均力敵。

原以為會輕易結束的賽事，原以為會被霸修霸道奪冠的大賽，這下不知道鹿死誰手了，局面變得有意思了。

「咕啦啊啊啊啊啊啊啊！」

東佐伊發出嘶吼，殺向霸修。

符合半獸人的作風，其衝刺可謂蠻勇。

霸修也予以迎戰。他舉起大劍向前跨步，然後振臂猛揮，賞了東佐伊猶如將時光拋開的一劍。

衝擊波在兩人周圍揚起了飄舞的塵埃。

鏗……金屬碰撞的餘響迴盪。

東佐伊被彈開，地面再次拖出痕跡。

霸修已經完全沒有手下留情。

這是決賽，不用再顧慮之後的賽程亦為原因之一，但東佐伊發出的戰吼已讓霸修將手下留情一詞從腦海抹去。

此刻，他們是在進行半獸人之間的決鬥。

驕傲與驕傲，矜持與矜持相互衝突。

霸修身為半獸人英雄，根本不可能手下留情。

正因如此，東佐伊也奮勇直衝。

他改用右手持盾，左手握劍。

為什麼？每個觀眾都感到疑問。

常到競技場的矮人都知道東佐伊是右撇子。

但是大家馬上就料到理由了。

東佐伊的左臂骨頭已經碎了。

半獸人不會拋棄武器，在決鬥中就更不用說。

即使要拋下，也會以盾牌為先。靠慣用手拿武器是常理。

但是東佐伊要用盾牌來拚，用自己擅長的盾牌來拚。

他耿直地舉盾猛衝，朝霸修進逼。

9.武神具祭　開賽第二天　決賽

「咕啦啊啊啊啊啊啊喔喔唔！」

霸修舉劍備戰，並且跨步。

「！」

然而，他的動作遲緩了一瞬。

下個瞬間，東佐伊就鑽到霸修跟前。

霸修被搶進大劍的攻擊範圍之內。這是東佐伊單手使劍能取敵性命的範圍。

臂骨已碎的左手提劍刺出，削去了霸修的頸肉，鮮血飛濺。

霸修的膝撞隨即將東佐伊頂開。

雙方又拉開數公尺的距離。

東佐伊的盾又凹又癟，變形的厚實鐵板已經無用武之地。

那面盾牌擋下了霸修的攻擊達三次之多。就算力道能化解，也不代表造成的衝擊會完全失效。

霸修兩度揮劍，使得東佐伊的左臂骨碎了。光是應付掉霸修一招，右臂骨的狀況也跟著生變。即使如此，握著劍與盾的手仍未放鬆力氣。

有痛覺。

東佐伊的手出現劇痛。

然而，發出戰吼的戰士不會因為痛而放緩動作。

「霸修！」

「東佐伊！」

霸修擺了架勢。

與先前不同的架勢。反手持劍，好似要過肩擲出或者直接突刺。

東佐伊未改架勢。

如同先前，他一邊用盾牌遮住半邊身體，一邊朝霸修直衝而去。

雙方瞬間交錯。

武具傳出長長聲響。

霸修與東佐伊維持在衝突的姿勢，靜止不動。

東佐伊沒有被彈開，霸修也再度停下動作。

勝負已分，任誰都理解了。

然而，沒人明白贏的是哪一方。

在寂靜當中，觀眾們聽見了音叉般的響聲。

嗡嗡嗡嗡，嗡嗡嗡嗡……那聲音斷斷續續地傳來。

9.武神具祭　開賽第二天　決賽

從哪裡？競技場外頭嗎？不，在上面。

當觀眾抬頭仰望時，有東西從空中掉了下來。

多邦嘎地坑形成的豎坑。有東西反射從坑口照進來的光，散發出銀色光芒掉了下來。

它「鏗」的一聲撞上競技場邊際，然後彈起來描繪出一道大大的弧線。

它飛到競技場中央，也就是霸修與東佐伊附近……唰地插進地面。

是把劍。

不，應該稱作劍身才對。

劍身攔腰折斷的鋒刃突出於地面。

（誰的劍？）

轉眼看去便一目了然。

霸修的劍攔腰折斷了。

反觀東佐伊的手上並沒有拿劍。可是，環顧四周以後，立刻就能找到他的劍插在競技場邊際，依舊健在。

東佐伊的盾如今似乎隨時都要裂成兩半，但還保有原型，同樣健在。

只有霸修的劍損毀了。

9.武神具祭　開賽第二天　決賽

「勝、勝者……東佐伊～～～！」

裁判的聲音響遍周圍，決定了武神具祭的勝者。

◆　◆　◆

幾分鐘後。

東佐伊懷著好似被狐怪戲耍的心情站在競技場中央。

霸修已經不見人影。敗者退場，只有勝者留下。

然而，勝利感卻很淡薄。

對手是東佐伊認識的那個霸修。

在他變成俘虜前，部隊裡早已無人能贏過霸修。

傳聞中遲早會成為英雄，於是就成了英雄的那個霸修。

在交手途中，東佐伊感受到的是力量明顯有差距。化解斬擊後，骨頭仍被震碎的左臂。

被搶進跟前，被劍劃過頸項，也還是不收手的膽量與衝勁。

最後那一擊亦然。

憑霸修的本事，就算不讓劍折斷，也有方法宰掉東佐伊才對。

不，先前雙方錯身之際……

從東佐伊搶進霸修跟前時就不對勁了。

沒錯，他成功貼近了，貼近霸修的跟前。

連專精速度的獸人族戰士們也無法貼近的霸修跟前。

東佐伊心想：對方應該是放水了吧。

話雖如此，霸修應該無意讓他贏。斬擊力道沉重，東佐伊若沒有成功化解掉，難保不會當場斃命。

放水到某種程度，要是東佐伊能克服，霸修就願意從比賽退讓。他大概是這麼想的吧。

原本這應該會讓人備感屈辱，不可思議的是東佐伊卻不覺得反感。

畢竟霸修剛才比東佐伊去年交手過的冠軍……使他燃起鬥志想一雪前恥的對手巴拉巴拉多邦嘎更強。

如霸修所言，他讓觀眾見識了半獸人真正的決鬥。

他保住了半獸人的驕傲。

而且還把勝利讓給了東佐伊。

在理解一切的狀態下。

9.武神具祭　開賽第二天　決賽

換成以往的霸修，大概辦不到這種事吧。
他會輕易擊潰東佐伊，以勝者身分君臨現場。
往年在最後與霸修分開時，他仍有乳臭未乾的地方。
可是，他已經不一樣了。
當東佐伊淪為奴隸而停滯的這段期間，霸修確實有所長進，成了名符其實的英雄。
「冠軍東佐伊啊！」
東佐伊抬起臉。
不知不覺中，矮人王已經坐在競技場的貴賓席俯瞰著這裡。
「來吧，你大可說出自己的願望！」
不，錯了。這肯定不是讓渡而來的勝利。
東佐伊是被半獸人英雄賦予考驗，並且克服了。
所以東佐伊挺起胸膛開口。
為了用自己的手成就這項心願。
「我要解放此地所有的奴隸！」

就這樣，東佐伊獲得解放了。
與所有被囚禁在多邦嘎地坑的半獸人奴隸一起。

10．求婚

舉行決賽時，普莉梅菈都在休息室祈禱。
她認為自己恐怕是在為霸修祈禱武運昌隆，但並沒有具體禱告自己希望戰局變得如何。
然而，她一心一意地祈禱。
在霸修離開後沒多久，休息室鴉雀無聲。
聽不見競技場傳來的喧嚷。
普莉梅菈不清楚狀況，但是競技場本身並沒有喧嘩得多大聲也是因素吧。
間隔片刻，哄然的歡呼讓她知道比賽開始了。
歡呼出現過幾次。
並未持續太久。
但每次歡呼湧現，普莉梅菈的肩膀就會發抖。
最後，她聽見了彷彿連休息室都要隨之搖盪的盛大歡呼。
她立刻就明白比賽結束了。

普莉梅菈交握雙手祈禱。連她自己也不明白那到底是在祈禱什麼。

不知道神是聽見了她的祈禱，或者沒有聽見……

休息室的門不久就發出喀嚓聲響打開。

站在休息室入口的是霸修。

當霸修往休息室踏進一步以後──

「唔。」

他低聲嘟噥。

同時護肩發出鏗鏘聲響，然後脫落了。

肩頭的扣具迸開。

護腿不知道是碰壞了或者掉在其他地方，霸修有一條腿是光著的。

非但如此。

霸修右手拿的劍也攔腰折斷失去了劍身。

「啊啊……」

普莉梅菈懷著好似鬆了口氣又好似過意不去的心情，抬頭望向霸修。

他輸了。

因為自己打造的武具火候未到。

10.求婚

「你輸掉了對不對？」

「對。」

霸修帶著明顯沮喪無比的語氣點頭。

然而，普莉梅菈覺得這樣就好。

雖然對霸修不好意思，但自己仍不成熟。

武具和防具都一樣，何止離完美無缺差得遠，跟其他競技者穿的貨色相比，簡直就像玩具一樣。

根本沒有道理得冠軍。

自己沒有道理接受那樣的榮譽。

對普莉梅菈來說，拿下亞軍的成績同樣絕非合理，但還是比冠軍妥當。

她放心了。

「對不起。」

「……不得已。東佐伊拿出的氣勢是認真的，如果我不跟著認真應戰，會傷害到他的自尊。」

同時，普莉梅菈也覺得不甘心。

要是自己能打造出更好的武具……

要是能打造出讓霸修動真格也承受得住的頂級武具……

普莉梅菈無法不這麼想。

假如自己的工夫更加老道，就不用讓霸修說這些話了。

「接下來，你打算怎麼辦呢？」

「這個嘛……我應該會去其他城鎮。」

對霸修來說，要繼續待在這座城鎮找老婆也是可以。畢竟在矮人的城鎮，他要怎麼拈花惹草都不成問題。

可是，他糟蹋了武神具祭這個手到擒來的最佳機會。

那他就沒有理由拘泥於這座城鎮。

畢竟這座城裡的大部分居民都是矮人，雖然也有不錯的女人，但她們基本上並不合霸修的喜好。

「是……嗎……」

普莉梅菈聽他這麼回答，就咬住了下嘴唇。

因為自己能力不足而無法奪冠。既然如此，比賽前的約定也不能算數吧。

普莉梅菈心情複雜。

鬆了口氣的同時又覺得遺憾，然而要主動反悔奪冠後才許身的約定，心情上也有些無所

10.求婚

適從。

「你立刻就要走嗎？」

「是啊。留在這裡也沒用了。」

霸修這麼說完便旋踵離去。

之後，他應該會拿回留在普莉梅菈家裡的劍，再度啟程旅行。

「欸！」

普莉梅菈朝著霸修的背影喊了一聲。

不能就這樣輕易放他離開——普莉梅菈內心有某個念頭正在吶喊。

所以普莉梅菈下定決心。

儘管她自覺這句話跳過了許多階段，還是告訴對方：

「能不能……讓我在這一生，都為你打造武器？」

這是矮人式的求婚詞。

自己會為共度生涯的戰士打造武器；請成為自己在戰場上以命相許的夥伴。

矮人在戰時想出的求婚詞當中蘊含著這層意義。

若是和平的時代長久持續下去，大概也會出現不一樣的求婚詞，但戰爭結束以後才過了三年。

10.求婚

普莉梅菈只知道這一套。

「不必了。」

而霸修當然也不知道有這樣的求婚詞。

假如有隻嘮叨的妖精在現場，或許就會大聲提醒：「老大！說不定她是對你有意思耶！」而嚷嚷起來……

可是很遺憾，捷兒不在這裡。

「是嗎……想想也對……像你這樣的人物……我根本配不上……」

垂頭喪氣的普莉梅菈讓霸修有些尷尬。

既然自己敗陣下來了，美少女會沮喪是當然的。

這下要怎麼辦呢？該說些安慰她的話嗎？

「……萬一我現在用的劍斷了，到時再拜託妳。」

煩惱到最後，霸修說出口的是這麼一句話。

「……！我明白了！在那之前，我會多多磨練，讓自己能打出令你滿意的劍！」

普莉梅菈抬起臉，連連點了好幾次頭。

雖然她不太懂霸修話裡的意思，卻覺得那是在告訴她未來仍有機會。

「再會。」

「嗯……」

就這樣，普莉梅菈目送霸修的背影離開。

目送陪著自己耍任性，從頭到尾都沒抱怨過任何一句，還讓自己學到了著實寶貴的一課的偉大男人背影……

「謝謝……我會努力的……」

落單的普莉梅菈在休息室裡重新下定了決心。

◆◆◆

「老大～～！辛苦你了！哎呀～～沒想到老大居然會輸掉！不過不過，以實力來說完全是老大贏啊！畢竟這是有規則的比賽，沒辦法嘛！東佐伊老大好像早把這套規則摸熟了！這樣的話，輸贏就要看機運吧！坦白講，再繼續打下去就是老大贏啊，偶爾把勝利讓人也算是老大的度量！」

當霸修來到休息室外頭，奉承的聲音就撲面而來。

奉承的聲音繞著霸修轉，發揮出誇獎兼安慰的高超口才，到最後抱住了霸修的肩膀。

那是捷兒。

10.求婚

「不過真可惜，如果鎧甲再堅固一點就能贏了……」

「是啊。但東佐伊也因為打贏我而恢復了名譽，應該可以抬頭挺胸回國了。」

「東佐伊老大或許是沒想到自己會贏，整個人都愣住了……」

捷兒都在觀眾席看比賽。

順帶一提，東佐伊跟霸修待過同部隊這項情報也是捷兒放出去的。

「接下來怎麼辦呢？老大要繼續在這座城鎮找女人嗎？」

「不，我們到其他城鎮。」

「嗯～～……」

捷兒也曉得在多邦嘎地坑這裡找老婆的霸修臉色並不好。

至少霸修在智人或精靈城鎮時，看女人路過都會懷著更具期待、希望及情慾的眼神。

挑老婆人選的時候，他也常常唸著：「看來是不錯。不錯歸不錯……」露出難以言喻的表情。

坦白說的話，霸修盯著普莉梅菈的乳溝時感覺是最高興的。

果然矮人並不合他的喜好吧。

仔細一想，當霸修落敗並從競技場出來後，臉色看起來似乎也沒有多遺憾。

表示期待比平時少，失望的情緒也就相對較少吧。

「哎，老大這麼說也對。」

既然如此，他們還是盡早揮別這座城鎮才好。

反正配得上霸修的女人還多得是。

「不過，接下來我們去哪裡好呢？」

就在這時候，有道人影擋住了霸修的去路。

「霸修大人！」

金屬鎧甲搭配寬刃劍。

在打扮類似者眾的環境裡顯得略有不同的臉孔。

長著蜥蜴頭顱的青年。是泰達奈爾。他眼裡撲簌簌地流淚，並且牽起霸修的手。

「剛才……剛才，所有奴隸，都獲得解放了……！」

「……？這樣啊。」

「我……嗚嗚，我受了感動……之前，嗚，我還覺得納悶，霸修大人這樣的人物，怎麼會來參加這種祭典……沒想到……居然是為了……為了……因為，我也有差點淪為奴隸的經驗，唔啊……連最後一戰都……嗚嗚……」

「唔……」

由於泰達奈爾說話夾雜太多嗚咽聲，霸修不太能掌握他要表達的意思。

10.求婚

可是看來這個蜥蜴人青年已經知道霸修在奪冠時想要求什麼了。

他大概是感到幻滅吧。

發現貴為半獸人英雄的人物竟然連想要一個女人都無法隨心所欲。

「請問，霸修大人，您之後有什麼規劃呢？」

「嗯，總之，我打算離開這座城鎮，雖然還沒得到情報指引我接下來該去哪裡……」

「沒有情報指引您該去哪裡？這樣的話，希望您來我們村子！大家絕對都會歡迎您！」

泰達奈爾興沖沖地這麼說，霸修卻擺了苦瓜臉。

蜥蜴人屬於跟半獸人交情良好的種族。

有別於妖精，兩族在戰爭中並沒有組成搭檔，但是擅長水域戰鬥的蜥蜴人常會跟作戰有牽扯。

霸修本身對蜥蜴人也沒有什麼負面的印象。

他認為蜥蜴人以戰友身分並肩作戰是值得信賴的。

「不，我旅行並不是為了遊山玩水，沒辦法到處逗留。」

「說得……也是呢……」

然而，考量到這次旅行的目的，霸修無法答應。

之所以如此，是因為對半獸人來說，蜥蜴人屬於醜陋的種族，甚於矮人。

至少，會覺得他們可以當性交對象的人應該就是有怪癖而已。要霸修娶蜥蜴人當老婆，並且生小孩，他也覺得消受不起。

就算真的有女蜥蜴人願意接受霸修求婚也一樣。

「如果有哪裡發生像這次的狀況，我倒是想去一趟。」

「像這次的狀況……」

泰達奈爾歪過頭。

很不巧，他沒聽說有半獸人在其他地方淪為奴隸的傳聞。

然而霸修談及「像這次的狀況」，讓泰達奈爾聯想到了「祭典」一詞。

「啊！」

「你有想到什麼嗎？」

「呃，我想到的事情，感覺跟霸修大人並沒有關係就是了。」

「嗯？」

「據說獸人國的三公主伊瑞菈公主，與精靈國的托里克普多大人正式訂婚了，獸人國好像舉國沉浸在歡慶喜事的氣氛中呢。」

「這樣啊。」

事情當真與霸修無關。

10.求婚

霸修垂下肩膀。

然而只有霸修那麼想，捷兒倒是靈光一現。

「老大……有機會喔！」

「什麼？」

「耳朵借一下下！」

捷兒附耳細語。那是妖精的細語，以往曾有許多種族聽信那種細語，據說都遭遇了慘兮兮的下場。

雖然對霸修來說，那單純是戰友的建言就是了。

「人只要看見別人有什麼好事，就會忍不住羨慕或起意模仿，不是嗎？」

「嗯。」

霸修想起自己在精靈國的遭遇。

在他求婚失敗的背後，「絕命者」就順利娶到了精靈當老婆。

令人羨慕不已。

說不想跟他一樣就是騙人的了。

由於精靈是一夫一妻制，霸修只得死心……

「我猜，在獸人國也發生了類似的狀況喔。」

「簡單來說？」

「哎喲，老大好遲鈍喔！聽好嘍，既然公主結婚了，表示以此為契機，在獸人國也會興起跟異族聯姻的熱潮啊！」

「！」

接下來將興起跟異族聯姻的熱潮。

聽捷兒一說，確實是有那種可能性。

霸修看向捷兒。

這個一臉得意地挺胸的妖精在收集情報方面的能力，還有從收集來的情報察知敵方有何目的的能力，從未讓霸修感到這麼可靠。

「捷兒，這趟旅行幸好有你陪我。」

「嘿嘿，老大講話別這麼見外啦！」

捷兒伸掌拍了霸修的肩膀。

霸修重新向捷兒表示感謝後，轉回去面對泰達奈爾。

「感謝情報。我打算前往獸人國看看。」

「……」

泰達奈爾歪過頭。

10.求婚

不過有鑑於霸修與捷兒剛才說的悄悄話，他私自推測這兩人大概是有什麼理由。

畢竟眼前跟他講話的人可是霸修。

解放了囚禁於矮人國的半獸人奴隸，將半獸人的驕傲保護到底的真英雄。

「我明白了！我提供的情報能幫到霸修大人就是萬幸！」

「等這趟旅行結束，我遲早會到你的村子叨擾。」

「好的！到時候我會帶全村的人歡迎您！」

「再會了！」

「是，請您保重！」

就這樣，霸修踏上旅途。

一路以獸人國為目標。

◆　◆　◆

在矮人國多邦嘎地坑這裡，後來人們的話題有好幾天都圍繞著武神具祭。

戰後始終受到囚禁的半獸人奴隸們。

為了取回自由與驕傲，持續掙扎的一名奴隸戰士。

前來拯救他們的是一名半獸人英雄。

英雄借助戰鬼女兒的力量，在武神具祭連番獲勝，對上奴隸戰士。

英雄賦予戰士考驗，戰士則克服了考驗。

戰士就此取回自由與驕傲，踏上返國的歸途……

酒館裡到處吟誦著這樣的敘事詩，矮人們則向半獸人的男子氣概及精彩戰鬥敬酒乾杯。

商人們迫誘半獸人為奴的惡行遭到揭發，逃也似的離開了多邦嘎地坑。

儘管競技場裡變冷清了，有那群愛賺錢的矮人在，應該遲早又會取回活力。

「不過啊——」

如今矮人們在酒館聊到這件事時，會冒出兩個疑問。

一是英雄的去向。

他在競技場將勝利讓給戰士後就忽然消失蹤影了。

既沒有把獲得解放的戰士們送回祖國，也沒有留在多邦嘎地坑，就這麼不見了。

話雖如此，席瓦納西森林發生的事件在這時候也已傳到多邦嘎地坑，眾人就做出了「他是英雄。為了守護半獸人的驕傲，就前往下一站了吧」這種雖不中亦不遠矣的結論。

「話說，戰鬼的女兒是指普莉梅菈吧？我倒不覺得那個只有性子特別倔的丫頭能提供什麼助力給英雄耶。」

10.求婚

二是關於提供助力給英雄的普莉梅菈。

「不，提到那個啊，普莉梅菈的倔脾氣也是被英雄霸修矯正回來的喔。聽說經過真英雄規勸，連普莉梅菈都洗心革面了。」

「真的嗎？」

「是啊。證據在於普莉梅菈不就向她以前最討厭的巴拉巴拉多邦嘎拜師為徒了嗎？何止拜師為徒，現在她就算天天被吼也不會有半句怨言，都默默地埋頭幹活。談到她有多熱衷學習，就連巴拉巴拉之前都在酒館說溜嘴：『這下我可不能恍神。』連我們認識的那個巴拉巴拉多邦嘎都這麼說了耶。」

「是喔～～……看來是深受英雄的影響啊……」

沒錯，普莉梅菈為了遵守與霸修的約定，向多邦嘎地坑最優秀的鐵匠巴拉巴拉多邦嘎拜師了。

她不會像以前那樣處處跟人比或者自大自誇，而是心無旁騖地修練打鐵工夫。

此外，也有人會說「她母親遺傳的血統不好」。

可是她本身曾提供助力給英雄，現在又努力不懈，會說她壞話的人已經變得很少了。

「喔，說人人到。」

而這樣的她每三天會來一次酒館。

提到矮人就是每晚都要喝酒，喝完酒又會回去打鐵幹活的生物，然而她三天才來一次。

普莉梅菈並不會一個人來。

可以說她幾乎必定會帶著一名女性同行。

「哎呀，卡露梅菈大姊也跟她一起嘛。」

「最近都這樣。」

普莉梅菈首度去拜訪卡露梅菈，是在武神具祭結束後隔天的事情。

普莉梅菈帶了一瓶酒去卡露梅菈的工坊。

在那之後，沒有人知道她跟卡露梅菈交談過什麼。

可是，看她們像那樣一起來酒館，還開心地把酒言歡的模樣，再也沒有人覺得她們會跟以前一樣不歡而散了。

「結果，這表示半獸人英雄連多邦嘎姊妹失和的問題都擺平了嗎？」

「那種事情你辦得到嗎？」

「別說蠢話，他就是能辦成別人辦不到的事，才會被稱為英雄啦。」

兩名矮人笑了笑，用雙手拿啤酒。

他們舉起右手的杯子互碰。

「敬半獸人英雄。」

10.求婚

再舉起左手的杯子互碰。

「敬多邦嘎之子。」

最後又舉起兩手的杯子，喊萬歲似的以杯互碰。

「乾杯！」

多邦嘎地坑的夜晚，今日仍是在喧鬧聲包圍下逐漸深沉。

尾聲

霸修從多邦嘎地坑啟程後，經過了將近一個月。

東佐伊在這段期間則帶著其他半獸人從多邦嘎地坑出發，通過席瓦納西森林，平安回到了半獸人國。

回國時很不得了。

畢竟那是一群人們原以為已經喪命的人突然回到國家。

半獸人王涅墨西斯判斷東佐伊他們是「流浪半獸人聚眾要來攻打半獸人國」，立刻布下了防線。

不容流浪半獸人進犯的戰士們，以及長年遭囚為奴卻一直都在搏鬥的戰士們。雙方誰都沒有退讓，東佐伊就在險些爆發衝突時提到霸修的名字，讓場面急遽獲得收拾。

聽聞踏上旅程的英雄立下偉業，半獸人國的戰士們與有榮焉，東佐伊等人也因而發現霸修援救他們是出於獨自的判斷，心頭為之一熱。

發生於多邦嘎地坑的半獸人奴隸問題就這樣全盤解決了。

尾聲

後來過了一個月——

「此時到場的就是我們的英雄霸修！那傢伙一在大賽出戰，就讓所有參加者嚇破了膽！他只用一招。他對付所有敵人都是一招分勝負，並且堂堂正正地打進了決賽！看在我們眼裡，霸修用一招收拾對手簡直是家常便飯到聽了都會忍不住拔鼻毛的事，多邦嘎地坑那些人可就不同了。尤其是年輕矮人，一個個臉都綠了，還嚷嚷著：那個半獸人是什麼來頭？世上居然有這樣的傢伙！不過啊，那些上年紀的矮人也都一樣臉色慘綠啦！上過戰場認得霸修的人看見他怎麼可能不嚇得綠了臉！」

東佐伊用兩手拿著酒，在酒館裡誇口。

圍在他身邊的則是年輕半獸人。

他們全都想聽東佐伊的見聞。

畢竟東佐伊是被矮人囚禁了好幾年，還能自力逃脫回來的半獸人戰士。

雖然英勇程度不及霸修，也稱得上英雄。

這樣的他談起見聞，不可能沒有人聽。

半獸人固然喜歡自誇，但他們同樣喜歡聽別人誇口。

「……但是說來慚愧，我在霸修到場時已經忘了自己的驕傲，我只想趕快脫離現狀。假如能脫離奴隸的處境，要我淪落成流浪半獸人也行，我本來還打算用盡手段，就算不光彩或抗命都無所謂。所以，我恬不知恥地拜託了霸修……我告訴他，我願意奉上自己的女人，希望他能在決賽故意輸給我。」

然而，東佐伊談到的絕非只有自誇。

要說的話，他是在解釋自己曾經多麼愚昧且不知恥。

「咦……那、那麼，霸修先生是怎麼回答的？」

「不用說，我當場就被回絕了！他告訴我：東佐伊，你也是半獸人的話，有想要的東西就得靠戰鬥爭到手！」

「噢噢噢噢！」

「所以我也醒悟了。霸修確實是強敵，他並非我能贏過的對手。但我如果就這樣逃掉，會讓半獸人名聲掃地。沒錯，我並不是想逃離奴隸身分，而是想做回一名像樣的半獸人。假如要當一名像樣的半獸人，我該取回的不是自由，而是驕傲！這就是我悟出的道理。」

然而，東佐伊談起取回驕傲的心路歷程，讓那些年輕人打了哆嗦。

半獸人誇口鮮少像這樣有起有落，他們不可能不興奮。

東佐伊若不是一名半獸人，大概就成為吟遊詩人了。

「然後……然後事情變成怎樣了呢？」

「我跟霸修在決賽打了一場！說起來，霸修不愧是英雄，他留了讓我獲勝的餘地。正常

尾聲

來想，那也可以叫作手下留情，但他邁出的步伐、發出的殺氣都是來真的。雖然他有留手，朝我砍來的每一劍卻都迸出震天巨響，彷彿在警告：這樣就敗陣的傢伙不配當半獸人，只能領死！假如我沒將霸修的話聽進心裡而醒悟，保證就沒命了！可是，我仍像個半獸人堂堂正正地迎面跟他打。打到骨頭碎裂，血花飛濺，雙腳都一陣陣地發抖，我還換手拿盾牌，接著拿盾牌的手臂也碎了，但我依然繼續衝，使出渾身解數給了霸修一擊！」

而且東佐伊講述的內容滿是對霸修的敬意。

年輕半獸人都尊敬霸修。

聽到自己尊敬的男人在故事裡活躍，他們不可能覺得無趣。

「於是，我們從奴隸之身獲得解放了。可是，厲害的還在後頭。我們離開多邦嘎地坑後，還通過了席瓦納西森林才回到這裡。對，席瓦納西森林就是那片由精靈掌管的森林。當時我們下了會折損半數的決心，畢竟那裡可是精靈族的森林，由厭惡半獸人的桑德索妮雅統治，要通過免不了會跟他們一戰……」

「唔……後、後來怎麼樣了呢？」

「一路順暢。當然，那些狡猾的精靈並沒有默默放行。當我們出現在國境附近時，他們居然就率軍過來攔阻了！可是，當時的狀況怎麼看都不對勁。一見到半獸人理當會從死角放冷箭過來的那些精靈感覺都不知所措，拖到最後，竟然有指揮官出面了！對方還問我們：聚到這裡有什麼事？我們固然傻眼，還是說明了情況。結果一提起霸修的名字，那些傢伙居然就把路讓出來了！太驚奇啦！霸修好像在不知不覺間已經讓那些精靈完全屈服了！」

「對了，最近我聽王提過，精靈族有派使者過來，還留了食物說要當成感謝的證明。」

「嘎哈哈，真希望他們留下的是女人，而不是食物！」

我很猛，但是霸修比我更猛，再也找不到像他一樣的傢伙了。

東佐伊如此訴說的口氣，讓半獸人們都感到自豪。

即使離開半獸人國，「半獸人英雄」霸修仍走在英雄之道。

戰爭結束後，他仍讓許多種族見識了何謂半獸人的驕傲。

聽見那些事蹟，沒有半獸人不覺得高興。

東佐伊談著霸修的事，並且遙想。

「話說霸修先生盡是幹那些大事，不知道有沒有空找女人，該爽的都有爽到嗎……？」

「白痴～～！不用你這種小毛頭來替他擔心啦。連在多邦嘎地坑，霸修也一樣搞到了女人！我有看見他跟矮人裡算得上一等一的可愛女孩在一起！」

「真的嗎！不愧是霸修先生！」

「照那些精靈的態度來看，我想霸修搞上的女精靈應該也是一隻手數不完。讓精靈屈服以後，怎麼可能不好好爽一爽。」

尾聲

「可是，那樣會不會出問題啊？王下的命令好像是禁止我們從事非合意性交……」

「有問題的話，那些精靈不可能默許吧？」

「的確！所以勇猛如霸修先生的話，女精靈就會自己投懷送抱嗎……真夠厲害耶。」

「要我打賭也行。我敢說等那傢伙旅行完，會用鏈條牽著超過十個已經大肚子的女人回來！」

「那樣賭不起來啦。是我也會賭那一邊啊！」

「嘎哈哈哈哈！」

笑聲迴盪於酒館。

那在半獸人國是毫不稀奇的笑聲，對東佐伊來說卻是久違發自內心的哄笑。

後記

各位好久不見，我是理不尽な孫の手。

首先請容我藉這個場合向拿起《半獸人英雄物語》第三集的各位致謝。

誠摯感謝各位讀者。

這次我本來也想提起精神記述自己寫下第三集的緣由，但回想起來，一、二集接連都在交代緣由。雖然說有二就有三，可是同樣的事情持續三次就會玩不出花樣。

因此，請容我改成報告近況。

時間為二〇二一年，世界遭受眾所皆知的病毒侵蝕，正瀕臨滅亡危機。

事情的開頭是在該病毒變異株演化至Ω，接著開始借星座的名字代稱後，又經過八次變異而取名為處女座時……不，硬要說的話，應該在雙子座時就已經看出前兆了。

雙子座變異株是有能力感染老鼠及貓狗的病毒。

症狀十分簡單明瞭，那些小動物會在發症後三天之內鬆弛成一團會活動的肉塊。據說是

後記

病毒於體內過度增殖，導致肉體發生變異。上電視的專家曾如此表示，真相卻不得而知。

肉塊吐出的氣息含有大量該病毒，會透過空氣傳染給人類……所幸人類感染以後，出現的只有舊症狀。

這一點在處女座變異株有了改變。

沒錯，處女座變異株會感染人類腦部，使大腦化為肉塊，再直接操控那個人，採取反覆讓他人感染的行動。

當全世界發現處女座變異株的存在時，已經無法挽救了。

全世界的主要都市滿是感染處女座變異株的人，世界完全分崩離析。

倖存的人類都戴起防毒面具，躲到地下。

因為地面上已經完全受到該病毒支配。

後來漫長艱苦的時期持續，而我們發現了一艘太空船。

雖然不明白詳情，這艘太空船似乎是從該病毒開始感染蔓延時就在製造的產物，儘管用途不明。

總之，我與一百一十二名倖存者一同搭上太空船，逃離地球。

後來我們靠著冷凍睡眠度過漫長時間，如今太空船已經抵達希爾伯特銀河岬星系的德洛斯行星，並且在當地生活。

銀河、星系及行星名稱各取自乘員的姓名。

而在德洛斯的生活，我負責的是撰寫娛樂小說。至今我寫的全是奇幻作品，大家想讀的卻是歷史作品或現代作品。他們大概都渴求著在地球生活的回憶。

不過，懸疑小說並不太受到欣賞，大概是因為那會讓人想起太空船內發生的不和。在該病毒成為人類天敵的此刻，人類依舊可成為人類的天敵。抵達德洛斯之際，乘員已減少到近五十人，當中絕大多數都是死於人與人的爭鬥。

在行星德洛斯的生活微不足道，卻充滿了希望。

建造房屋，開墾田地，捕捉動物作為家畜，生活圈慢慢拓展開來。

行星德洛斯上沒有天敵，在我等人類對繁衍人口開始有頭緒時，狀況發生了。

從天上掉下了一團肉塊。

它的模樣在我們眼中都很熟悉。沒錯，那是人類感染處女座變異株以後的模樣。

不過，那時候我們已經不知道它屬於哪一種變異株了。肯定是該病毒也進化了吧。它們的感染力直教人吃驚。

它們會一面從體內長的瘤吐出某種物質，一面侵襲眾人。

後來就如同各位的想像。

人們拋下建造到一半的殖民衛星，從此流離失所。

後記

我是和其中幾個人一起逃跑，回神以後已經變成孤單一人。

我不曉得在那之後經過了多少日子。如今，我躲在殖民衛星裡設置的避難所，一個人活著。

只是在如此的不幸當中唯有一件好事。

我不用為大家寫小說了。雖然我並不討厭撰寫歷史故事或現代故事，卻覺得卸下了肩膀上的重擔。

所以我寫起了在該病毒開始蔓延前所寫的《半獸人英雄物語》後續。

寫完以後，這本第三集就透過超時空通訊傳到了地球的網際網路。

我不清楚地球究竟有多少人類存活，若能讓看到這本小說的人讀得愉快，便屬甚幸。

我在順利寫出第三集以後會離開避難所，到外頭尋找糧食。

避難所裡的口糧所剩無幾，我得趁能活動的時候先展開行動。

回來以後，我打算寫故事的後續。

近況交代得太長了……

這次同樣為本作繪製了精美插畫的朝凪老師；由於《無職轉生》的工作而無法專注心力，被我添了莫大困擾的K編輯；其餘參與本書製作的全體相關人士；還有在小說家網站等候更新的各位讀者。

這次我同樣要誠心地感謝你們。

要是我能活著回來，讓我們在第四集相見吧。

理不尽な孫の手

魔法★探險家

轉生為成人遊戲萬年男二又怎樣，我要活用遊戲知識自由生活 1~4 待續

Kadokawa Fantastic Novels

作者：入栖　插畫：神奈月昇

瀧音加入了月讀魔法學園的三會，魔探世界與瀧音的命運發生劇變！

一年級便獨自攻略迷宮第四十層的瀧音受邀加入月讀魔法學園中執掌最大權力的三會，他為了支援諸位女角而忙碌奔波。他注意到聖伊織的義妹結花身上發生異狀？本來應是輕鬆就能解決的事件——然而，故事朝著瀧音也不知道的新路線產生分歧？

各 **NT$200~220/HK$67~73**

回復術士的重啟人生 1~9 待續

Kadokawa Fantastic Novels

作者：月夜涙　插畫：しおこんぶ

創造新的國家！回復術士的統治
以及世界重組即將開始！

凱亞爾討伐了因緣的宿敵，成為新生吉歐拉爾王國的國王。他以國王的身分前往世界會議，然而在那裡的卻是串通好反對吉歐拉爾、專橫跋扈的一群妖魔鬼怪。在這四面楚歌的狀況之中，出現了意外的援軍——？

各 NT$200~230/HK$67~75

在大國開外掛，輕鬆征服異世界！ 1~3 待續

Kadokawa Fantastic Novels

作者：櫂末高彰　插畫：三上ミカ

常信娶回「七勇神姬」當老婆，
接著卻得面臨女神的逼婚與大神的刁難……!?

慈愛女神——克歐蕾突然出現，逼迫常信和她結婚。此外，大陸的大神——澤巴為了見證常信與克歐蕾的婚姻，提出了考驗（無理的難題），但是……？帝國的數量戰術也能超越神！以人海戰術擊潰所有問題，爽快又痛快的奇幻故事開幕！

各 **NT$220/HK$68~73**

里亞德錄大地 1~4 待續

Kadokawa Fantastic Novels

作者：Ceez　插畫：てんまそ

守護者之塔藍鯨的MP即將枯竭，
葵娜制定作戰計畫設法幫助它。

　　葵娜為了讓露可見長女梅梅，帶著莉朵和洛可希努再次前往費爾斯凱洛。待在費爾斯凱洛時，煙霧人型守護者告訴葵娜有個守護者之塔維持機能的MP即將枯竭，希望她幫忙。這個守護者之塔竟然是在水中移動，身長超過一百公尺的藍鯨……？

各 **NT$250~260/HK$83~87**

國家圖書館出版品預行編目資料

半獸人英雄物語：忖度列傳/理不尽な孫の手作
; 鄭人彥譯. -- 初版. -- 臺北市：臺灣角川股份有
限公司, 2022.04-
冊；　公分. -- (Kadokawa fantastic novels)
譯自：オーク英雄物語：忖度列伝
ISBN 978-626-321-350-0(第2冊：平裝). --
ISBN 978-626-321-676-1(第3冊：平裝)

861.57　　　　111001906

Kadokawa
Fantastic
Novels

半獸人英雄物語 忖度列傳 3

（原著名：オーク英雄物語 3 忖度列伝）

2022年8月24日 初版第1刷發行

作者：理不尽な孫の手
插畫：朝凪
譯者：鄭人彥

發行人：岩崎剛人
總編輯：蔡佩芬
編輯：孫千棻
美術設計：黃永漢
印務：李明修（主任）、張加恩（主任）、張凱棋

發行所：台灣角川股份有限公司
地址：104台北市中山區松江路223號3樓
電話：（02）2515-3000
傳真：（02）2515-0033
網址：www.kadokawa.com.tw
劃撥帳戶：台灣角川股份有限公司
劃撥帳號：19487412
法律顧問：有澤法律事務所
製版：尚騰印刷事業有限公司
ISBN：978-626-321-676-1